KB058976

열병의 나날들

LOS DÍAS DE LA FIEBRE by Andrés Felipe Solano

LOS DÍAS DE LA FIEBRE

열병의 나날들

안드레스 솔라노 지음

이수정 옮김

이방인의 시선으로 본 코로나 시대의 한국

시공사

　4월 말, 스페인에 있는 편집자에게 이 책의 최종 수정본을 보냈습니다. 그리고 며칠 뒤인 5월 5일에 발생한 신규 확진자는 두 명이었습니다. 단 두 명. 악몽은 끝을 향해 가고 있었고 모든 것은 바이러스가 곧 이 나라에서 추방된다는 걸 암시하고 있었습니다. 여름엔 마스크를 쓰지 않아도 된다는 사실이 제일 먼저 떠오르며 마음이 놓였습니다.

　그러나 새로운 대유행이 오는 데에는 오랜 시간이 걸리지 않았습니다. 책 인쇄가 시작된 날, 바로 5월 6일이었습니다. 가끔 들러 토마토 캔과 고수, 치즈 따위를 구매하는 동네 슈퍼마켓으로부터 몇 미터 떨어지지 않은 곳에서 집단감염이 발생한 겁니다. 해변에서 수평선을 바라보던 중 갑자기 몇 미터 앞에서 덮쳐오는 쓰나미를 발견한 기분이었습니다.

　그다음 주에는 휴대전화로 메시지가 한 통 도착했습니다. 검사를 받으라고요. 다음 날 같은 메시지가 또 도착했습니다. 제 아내에게도요. 기억을 더듬어봤습니다. 이태원발 확진자가 나왔다는 기간에는 클럽에도, 바에도, 그 비슷한

4

곳에도 간 적이 없었습니다. 사실, 그 클럽에서 멀리 떨어진 동네의 한 식당에서 이른 저녁 식사를 한 걸 제외하곤 집에서 나가지도 않았었습니다. 그 주 일요일, 세 번째로 메시지가 도착했습니다. 우리는 선별 진료소가 있는 용산구청으로 향했습니다. 이 글을 쓰고 있는 제 스튜디오의 창문으로 건물이 보일 정도로 구청이 가깝거든요. 진료소에 계신 분들에게 우리 이름과 전화번호를 말했습니다. 검사 대상자 목록에 있는 게 확인되더군요. 우리를 찾고 있었던 거예요. 위치 추적을 통해서요. 종이에 이름과 전화번호, 주소를 쓰고 아주 간단한 질문에 답했습니다. 코에 면봉을 두 번 찔러 넣은 후 검사 후 수칙이 적힌 안내문을 주었습니다. 총 5분이 걸렸어요.

결과가 나올 때까지 자가격리를 해야 했습니다. 저녁 시간이었기 때문에 원래는 검사를 받은 후 뭔가를 사다가 집에서 먹을 생각이었어요. 하지만 자가격리 통보를 받고 나자, 한국에서 코로나19 확진자가 처음 발생한 날, 이 책이 시작된 바로 그날 나누었던 시선과 같은 눈빛으로 서로를 쳐다보았습니다. 증상은 없었지만 잠이 들 때까지 수많은 장면이 회전목마처럼 머릿속에서 빙글빙글 돌았습니다. 진짜 악몽은 지금부터 시작되는 게 아닐까?

다음 날, 눈을 떴더니 짧은 메시지가 도착해 있었습니다. 음성. 다행히 바이러스는 이번에도 저를 붙잡지 못했습니다. 분명히 다가올 세 번째, 네 번째, 다섯 번째, 여섯 번째 대유행 때도 제발 저는 피해 갔으면 좋겠습니다. 앞으로 우리는 서퍼들처럼 이 파도에 익숙해지는 법을 배워야겠지요.

몇 달 전, 한 인터뷰에서 밥 딜런이 했던 말이 기억에서 떠나지 않습니다. 팬데믹 상황에 대한 그의 생각을 물어본 것이었는데요, 곧 80대에 접어드는 밥 딜런이 죽음을 생각하는지에 대한 질문도 있었습니다. 그는 이 질문에 "인류의 죽음"에 대해서, "벌거벗은 유인원의 길고도 이상한 여행"에 대해서 생각한다고 대답했습니다. 이 책도 비슷합니다. 인간으로서 거쳐온 지금까지의 여행에 대해 계속해 질문을 던지고, 더불어 만난 적은 없지만 함께 열병의 시대를 겪는 형제들과 부산의 콜라텍에 출입하다 코로나19에 감염되어 결국에는 세상을 떠난 사람에 관한 이야기입니다. 제가 될 수도 있었던 그 사람이요.

2020년 9월
안드레스 솔라노

차례

1부

○

뚫렸어.

수정과 나는 침대에 누우며 말했다. 35세 여성이 들여온 그것이 이제 여기에도 있다. 우리와 함께. 입국자 검역 과정에서 고열이 발견되었다고 한다. 우한에서 온 터였다. 야생동물과 직접 접촉한 적은 없다. 회복될 때까지 병상에 격리될 예정이다. 언론에서 그렇게 말했으니 우리도 그렇게 알고 있다. 조금 있으면 설이네, 수정의 말에 나는 고개를 끄덕였다. 설을 특별하게 보낼 계획은 없다. 날이 조금 따뜻해진다면 근처 산의 절에 갔다 와서 술이나 몇 잔 마실 생각이다. 가보고 싶은 술집이 새로 생겼다. 콩코드. 한참 전에 이별했던 어떤 세계의 이름 같다. 마음에 든다.

○

5년 전 메르스로 뚫렸을 당시, 동네 약국에서 마스크를 샀었다. 아직 서랍에 몇 개 남아 있을 거다. 대학 강의를 위해 부산행 KTX를 탈 때마다 마스크를 썼다. 그다음 해엔 같은 이름의 좀비 영화가 개봉했다. 〈부산행〉. 이런 영화에선 보통 죽은 자들이 떼거리로 살아 움직이고, 거리는 휑하며, 남은 인간들은 가게를 약탈한다. 어떤 사람들은 공포에 떨었지만, 또 어떤 사람들은 딱히 신경 쓰지 않았다. 뉴스 진행자로 일했던 라디오 방송에서 한 중국인 사기범이 바이러스에 걸릴까 무서워서 자수 후 귀국했다는 소식을 전했던 게 기억난다. 3년째 도망 중이었다. 3년이나. 독감일 뿐입니다. 그렇게들 말했었다. 사람들은 부족한 정보에 불만을 토했다. 누가 감염되었는지 알 수 없었고, 대응은 느렸다. 치사율은 20퍼센트가 넘었다. 그때 우리 모두 여름이 오기만을 기다렸었다. 여름이 오면 사라질 거라고 했다. 이번에 또 뚫렸고, 여름까지는 아직 한참 남았다.

○

위기경보가 '관심'에서 '주의'로 바뀌었다. '주의'에서 '경계'로 바뀔 일은 없으리라 믿고 있다. '심각'까지는 절대 안 가겠지. 그럴 리가 없어. 불가능하다고. 수정과 나는 억지웃음을 지었다.

○

오늘, 우한이 봉쇄되어 아무도 들어가거나 나오지 못한다는 소식을 들었다. 1100만 명 중 봉쇄령이 언제 끝날지 아는 사람은 아무도 없다. 30만 명은 마지막 기차를 타고 도시를 탈출했다. 그나저나 콩코드는 참 좋은 술집이다. 2층에 위치한 작은 공간에 테이블은 몇 개 없다. 한구석에는 하몬드 오르간이 있고 입구에는 호랑이 그림이 걸려 있다. 실제로 보면 마치 독신자의 가정집 같기도 하다. 정말 놀라운 건, 여기에서 '케소 데 카베사queso de cabeza'를 발견한 사실이다. 한국에선 머릿고기라고 한다나. 생각해보면 세상 모든 나라가 한때 농경 사회를 거쳤으니 한국에 비슷한 음식이 있는 게 당연할 수도. 술집 주인이 고기를 먹어보라며 조금 나누어 주었다. 우리는 잔을 부딪치고 눈을 마주치며 함께 새해 복을 빌었다. 2020년 경자년, 복과 부와 건강을 위하여.

○

슈퍼마켓에서 장을 보는 동안 확진자 세 명이 추가되어 위기경보가 '경계'로 격상되었다. 50대의 남성. 모두 우한에서 입국했다. 이전엔 몰랐지만, 이제는 안다. 사람 간에도 바이러스가 전파된다는 사실을. 비말 등 체액을 통한 감염 사례는 있지만, 아직 공기 중 전염은 밝혀진 바 없다. 재채기나 기침을 할 때는 팔꿈치를 굽혀서 피검사를 할 때 주사를 놓는 그 위치에다 입을 가리라고 한다. 그리고 자주 손을 씻어야 한다고 한다. (멀리서 어머니의 육성이 들린다. "손들은 씻었니? 식탁에 앉기 전에 손부터 씻고 오렴.") 의심되는 증상이 있을 땐 보건소나 전용 콜센터로 전화하라고 한다. 의심 증상이 뭐냐고? 말했지 않은가. 독감 증상이라고.

○

　새 확진자들은 해서는 안 될 행동을 했다. 우한에서 입국한 데다 의심 증상을 보였음에도 불구하고 정상 생활을 한 것이다. 가만, 궁금하다. 정상 생활이라는 게 도대체 뭔지, 정상 생활이라는 걸 하는 사람이 있는지, 정상 생활을 그만 한다는 게 가능한 건지. 세상 모두가 각자 자기만의 생활이 있을 뿐이니, 그걸 두고 하는 말인 것으로 추측해본다.

○

지난주, 확진자 중 한 명이 강남에 있는 성형외과를 방문했다고 한다. 렌터카를 운전해 갔다. 그 후 병원 근처에서 저녁 식사를 했고 역시나 강남에 위치한 호텔에 묵었다. 목요일 점심엔 한강 근처를 산책하며 편의점에서 무언가를 샀다. 저녁 식사는 역삼동. 금요일에는 누군가와 함께 다시 병원에 다녀갔고 커피숍과 식당에 들른 후 일산에 있는 어머니 집으로 갔다. 그와 접촉한 인원은 총 74명. 그중 딱 한 명만 의심 증상을 보였다. 병상으로 격리 조치되어 검사를 받았으나 결과는 음성. 나머지 접촉자는 증상이 없어 2주간 자가격리 통보를 받았다. 그가 다녀간 모든 장소에는 방역이 시행되었다. 인터넷에서 사람들은 도대체 그가 성형외과에서 무엇을 했는지 궁금해한다. 시술을 받은 걸까? 상담을 받은 걸까? 그 성형외과의 전문 분야를 살펴본다. 홈페이지가 마치 온라인 쇼핑몰 같다. 양악 수술에 대한 옵션을 보고 있자니 소름이 돋는다. 두개골 엑스레이 사진과 그래픽이 섞인 얼굴들이다.

○

사설탐정조차도 이토록 구체적인 정보는 알아내지 못하리라. 그러다 이 나라는 탈북민과 간첩, 국가보안법이 있는 곳이라는 데 생각이 미친다. 하지만 아무튼, 범죄 용의자도 아닌 일반인의 행적을 어떻게 이렇게까지 구체적으로 알 수 있는 건지 찾아보았다. 우선, 양성 판정을 받으면 역학조사관이 전화로 인터뷰를 진행한다. 지하실의 전등 빛 아래서 진행되는 심문과는 다르지만 그래도 머리부터 발끝까지 방호복을 입은 사람들을 상상만 하더라도 위축되는 건 마찬가지일 것이다. 최근 며칠 동안 어디에 갔었습니까? 누구와 함께였습니까? '감염법의 예방 및 관리에 관한 법률'에 따르면 담당 공무원들은 버스, 택시, 지하철 등 대중교통 이동 동선이나 의료 기관 방문 기록 등 감염된 자의 최근 동선을 공개할 수 있다. 특히 의사나 간호사가 감염되지 않도록 하는 것이 매우 중요하다. CCTV에 찍힌 영상과 신용카드 사용 기록, 휴대폰 위치 추적을 통해 보다 정확한 정보를 알수 있는데, 모두 저 법 덕분이다. 만약 환자의 응답에 불확실한 부분이 있을 땐 다시 물어본다. 어디에 갔었고 누구와 함께 있었습니까?

여기에 굳이 대답할 이유가 있을까? 사생활 침해는 아닐까? 그렇게 생각할 수도 있다. 하지만 현재 상황에선 지나치게 민감해질 필요가 없다. 국회에서 통과된 법안에 따라 수행되는 것이니까 말이다. 언제부터 이 법이 있었냐고? 또 다른 바이러스로 나라가 패닉에 빠졌던 5년 전 그때, 해당 법안이 수정되었다. 그때 전 세계에서 두 번째로 감염자가 많았고, 치사율은 20퍼센트에 달했던 곳이 이 나라라는 걸 되새겨보자.

협조를 거부하면? 그렇다면 선택지는 단 하나다. 자신의 비밀을 지켜내는 것. 그래서 바이러스가 아주 조용히 사람들 속에서 퍼져나가 누군가는 죽을 가능성을 유발하는 것. 따라서 확진자, 유증상자와 2미터 거리 안에 있었던 사람들의 연락처를 확보해야 한다. 얼굴을 마주 본 적이 있거나 체액이 묻었을 가능성이 있는 사람들은 전염이 거의 확실한 것으로 간주한다.

확진자의 이동 경로가 파악되면 이름을 제외한 나이와 성별, 동선과 방문 장소가 각 지방자치단체 홈페이지를 통해 공개된다. (이후 확진자 정보 공개 범위가 변경되어 성별, 연령, 국적 등 개인을 특정하는 정보는 공개하지 않는다.) 대중들은 이를 통해 자기가 동일한 시간에 동일한 곳에 있었는지 알 수 있고, 혹시라도 증상이 있으면 질병관리본부 콜센터로 전화해야 한다. 언제나 누군가는 우리를 보고 있다. 그러나 우리 역시, 자신의 삶은 보여주기 싫어하면서 남의 삶은 그렇게들 보고 싶어 하고 알고 싶어 한다. 증상이 있기 전에 그 남자가 갔던 그 호텔이 어디라고 했더라? 아니, 거기 사실 호텔이 아니라 *러브모텔* 아니야?

○

아침으로 먹을 단팥빵을 사기 위해 집을 나왔다. 모퉁이에 있는 편의점까지 가는 길에 CCTV가 몇 개 있는지 세어 보았다. 200미터쯤 걸으니 경찰서에서 설치한 기계장치가 보인다. 그 장치 옆으로 바싹 걸으면 단속 지역이니 불법으로 쓰레기를 버리지 말라는 목소리가 들린다. 식당과 가게를 지나는 동안 입구에 카메라가 설치된 곳은 네 군데였다. 한국에서 노상강도 비율은 손에 꼽을 정도로 그 수치가 낮다. 편의점에서 단팥빵을 손에 들고 계산대의 아주머니에게 체크카드를 내밀었다. 겨우 3000원짜리 빵. 이 정도의 현금도 갖고 다니지 않는 나 자신이 더욱 한국인다워졌다고 생각했다. 지폐 한 장 없이 지낸 지 벌써 2주가 지났다. 이러니, 질병관리본부로서는 소재 파악이 그다지 어려운 일이 아닐 거다. 자신도 모르는 사이에 지나온 길들에다 부스러기를 흘리고 다니니 말이다.

○

주와. 라틴어로 포사 쿠비탈리스Fossa Cubitalis. 재채기할
때 입을 막게 되는 팔꿈치 안쪽의 의학 용어다. 지난 이탈
리아 여행에서 거금을 주고 산 그림에서 그 부분을 찾아본
다. 1608년에 출간된 후안 발베르데의 해부학 책에서 잘라
낸 그림이다. 거실에서 화장실을 연결하는 짧은 복도에 걸
려 있다. 지나갈 때마다 그림에 잠깐 눈을 둔다. 그림 속에
는 꼭 시들어버린 알로에베라 같은 근육들이 사지에 붙어
있다. 다리에 늘어져 걸려 있는 근육은 바닥에 그려진 돌이
나 식물과 헷갈려 보이기도 한다. 아름답고도 기괴하다.

○

번역 수업 강의 계획서를 준비할 때가 왔다. 곧 있으면 문
학번역원의 새 학기가 시작된다. 무슨 글을 교재로 삼을지
생각해보았다. 편혜영의 《재와 빨강》이 떠올랐다. 책을 꺼
내 첫 장을 다시 읽는데 불편한 마음을 피할 수 없었다.

그는 모국의 뉴스에서 본 대로 아무리 병독력 높은 전염
병이라 하더라도 개인위생만 철저히 하면 걱정할 게 없
다고 생각해왔다.

편혜영, 《재와 빨강》, 창비

○

　한 대학생이 질병관리본부에서 발표한 정보를 가지고 '코로나 맵'이라는 지도 서비스를 만들었다. 지금까지 알려진 확진자 여섯 명에 대한 동선이 나와 있다. 각 확진자가 방문했던 장소의 단순한 목록을 여러 색상으로 지도에 표시해놓았다. 우리의 데이터와 정보를 먹이로 살찌는 세계와 그 세계를 이해하는 새로운 방법이다. '코로나 맵'을 만든 이 대학생이 이전에 개발한 것은 탈모 자가 진단 앱이었다고 한다.

○

눈을 떴는데 급하게 해야 할 일이 있는 것 같은 기분이 들었다. 아침 커피를 들자마자 그게 뭔지 생각났다. 현관에 있는 서랍에서 공과금 우편물들과 섞여 있는 건강보험증을 찾아보았다. 주민등록번호로 시스템에 등록되어 있으니 증서 자체가 필요한 건 아니다. 하지만 이제 눈에 보이지 않는 것은 믿지 않기 시작했다. 바이러스로부터 우리를 지키는 유일한 지킴 막, 국민건강보험. 다행히 한국 거주자는 대부분 혜택을 받고 있다. 구명조끼를 입고 배에 탑승한 것이다.

○

아버지가 침대맡에 두었던 소니 알람 시계가 기억났다. 시간이 되면 검은 유리판 위의 하얀 숫자들이 건조한 소리를 내며 바뀌었다. 가끔 나는 무릎을 꿇고 가만히 앉아 시계를 쳐다보며 숫자가 바뀌는 순간을 맞춰보곤 했다. 딸깍. 숫자 05가 06으로 바뀌었다. 딸깍. 가끔 정확하게 맞춘 적도 있다. 마치 지금 확진자가 증가하는 수를 바라보는 기분이랄까. 유일하게 다른 점이라면, 아버지의 알람 시계는 숫자가 연속적으로 바뀌었지만 확진자 수는 며칠 사이 세 명에서 일곱 명으로 뛰었다는 것. 새로운 확진자는 성형외과를 방문했던 그 남자와 관련 있는 사람이다. 친구인지 동료인지, 아니면 수년 동안 만난 적 없던 고등학교 동창을 하필 그날 만나기로 했던 거다. 현재 그와 동창 모두 병원에 격리되어 전화 외에는 누구와도 면회할 수 없다. 조금이나마 위로가 되는 점은 격리되는 동안 나라에서 유급휴가비를 지원한다는 것이다. 24시간 동안 관찰되는 상황에서 이걸 휴가라고 느끼는 사람이 있을지는 모르겠다. 격리자가 직장에서 유급휴가로 처리되면 정부에서는 사업주에게 일일 최대 13만 원을 지원하고, 유급휴가가 적용되지 않는 사람들에게는 생활지

원비로 4인 가족 기준 월 123만 원을 지급한다. 만약 자가격리를 위반하면 최대 1000만 원 이하의 벌금이 부과된다. 이렇게, 경제 면을 채우던 숫자들은 조직적으로 전진하여 신문의 1면을 장식한다.

○

    한국 교민들을 태운 첫 번째 전세기가 우한에서 도착했
다. 약 720명의 입국자가 격리될 시설이 있는 두 도시의 주
민들이 거세게 항의했다. 어떤 사람은 이들이 도시로 들어
오지 못하게 바리게이드를 치자고 했다. 몇 해를 잠자던, 짐
승같이 야만스러운 공포심이 깨어나는 것을 이제야 조금씩
눈치채고 있다.

○

　월요일 아침, 우한에 사는 사람들이 드론에 쫓기는 영상을 한 시간 넘게 보고 있다. 아마존에서 세상과 단절되어 살아가는 부족을 찍은 영상과 닮았다. "거기, 할머니. 마스크 없이 밖으로 나오시면 안 됩니다. 얼른 댁으로 돌아가 손을 씻으십시오." 남자 목소리의 기계 음성이 들린다. 노파는 드론을 바라보며 당황스러운 미소를 짓는다. 드론이 조금 더 다가가자, 노파는 빈 비닐봉지를 들고 텅 빈 거리를 빠르게 걷는다. 수시로 고개를 돌려 계속해서 자신을 따라오는 드론을 확인한다. 이것이 만약 비디오 게임이었다면, 목표물을 향해 방아쇠를 당기기에 완벽한 순간이었으리라.

○

첫 확진자가 완치되었다고 한다. 다행히, 그들이 말한 대로 독감 수준인 듯하다.

○

뮤지션인 지인이 새 음반을 발표하여 기념 콘서트를 열었다. 중규모의 공연장에서 열리는 이 공연의 수용 인원은 250명에서 300명 정도다. 나는 입구의 장비들을 보고 놀랐다. 손 소독제와 마스크가 비치되어 있다. 열화상 기기와 모니터도 있다. 체온이 37.5도를 넘을 경우, 알람이 울린다. 말없이 카메라 앞을 지났다. 열은 없다. 하지만 다시 돌아가 모니터에 비친 내 몸과 얼굴 사진을 찍었다. 코트 아래쪽은 초록색, 어깨 부근은 황색이다. 이마에 붉은 십자 표식이 나타났다. 분명히 나다. 안경을 낀 얼굴 모양에 무의식적으로 구부러지는 목과 어깨. 너무 잘 나와서 SNS 프로필 사진으로 걸어둘 참이다.

좌석에 앉아 주변을 흘깃 둘러본다. 한 명도 빠짐없이 마스크를 쓰고 있는 게, 마치 병동 같다. 흡연자에겐 더욱 괴로운 일이다. 그들의 마른기침이 유독 예민한 사람들을 거스르게 했었다면 이제는 공간 전체에 불안과 염려가 흐르게 한다. 기침을 참고 있는 사람들의 숨이 느껴진다. 나도 그중 하나다.

공연이 끝나고 나가는 길, 의사인 친구와 마주쳤다. 지근

거리로 다가가 마스크가 소용이 있는 게 맞냐고 물었다. 확실하진 않지만, 혹시나 걱정될 경우엔 쓰는 게 나을 거라고, 확답을 못 해 미안한 목소리로 말했다. 만난 김에 내일 있을 나의 생일 파티에 초대했다. 온다고 한다. 파티를 꽤 크게 열고 싶다. 요리도 하고, 술도 여러 병 따고, 음악도 틀고. 꽤 오랫동안 집에 아무도 초대하지 않았다. 무엇을 만들어 대접하지? 동네 양꼬치 집에서 고수와 고추가 가득 든 돼지고기볶음을 자주 먹는데 그걸 좀 시도해봐야겠다. 집을 깨끗하게 치우기 위해 앱을 통해 청소 도우미도 예약했다. 이때 오는 도우미 대부분은 중국계분들이다. 한국 사람들이 집으로 오는 중국계 사람들을 문전박대하지 않았으면 좋겠는데. 얼마 전 한 식당에서 중국인들의 출입을 금지했다는 이야기를 들었다. 예전에, 도우미로 왔던 한국분은 정말 너무나 친절하고 깔끔하게 청소도 잘하셨다. 일을 마치고 나가기 전에 글귀가 적힌 종이를 두고 갔는데, 거기에는 자신이 다니는 교회로 와보라는 전도의 글이 적혀 있었다.

집으로 돌아가기 위해 버스를 탔다. 버스 기사 좌석의 뒷기둥과 내리는 문 앞 기둥에 손 소독제가 부착되어 있다. 혹시나 걱정될 경우에 사용하면 된다.

○

　생일 파티가 왜 그렇게 하고 싶은지 사실 나도 모르겠다. 지금까지 딱히 생일이라서 큰 파티를 열고 그런 적은 없다. 친구들이 가져온 선물 중에는 화분이 몇 개 있었다. 하지만 내가 가장 좋아하는 선물은 친구의 아들이 그려 보낸 글이다. 캘리그래피에 천부적인 재능이 있는 친구다. 1.5미터짜리의 긴 종이에 맨 위에서부터 끝까지 아래 글귀가 한국어로 적혀 있다.

　　추위가 싫다.
　　추위가 싫다.
　　추위가 싫다.
　　추위가 싫다.
　　추위가 싫다.
　　　　⋮

　다 함께 보고서는 웃지 않을 수 없었다. 그렇지, 추위 너무 싫지. 올해는 그나마 좀 온화한 편이긴 해서 이번 겨울은 다들 좋아하고 있다. 새로 찾아온 손님만 아니라면.

43세. 43이라는 숫자는 나에게 무엇을 가져다줄까? 한동안 점성술에 빠져 있던 콜롬비아 친구가 나에게 보낸 메시지가 생각났다. 별들에 따르면 올해는 모두가 변화와 기복을 겪는 시기가 될 것이라고. 그의 변화는 이혼으로 시작되었다.

○

어제, 영화 〈기생충〉이 오스카상을 받았다. 이를 두고 사람들은 당연하고도 관성적인 우스갯소리를 한다. 후속편 제목은 〈바이러스〉여야 된다고. 감독은 이미 〈괴물〉의 영어 제목을 〈The Host〉 즉, '숙주'라고 붙였었다. 숙주란 기생충 등에게 자랄 자리와 먹이를 주는 생물을 말한다. 바이러스에 대해 조금 더 찾아보기로 한다. 알아야 산다. 이 병은 왠지 다른 정보보다는 예전에 들었던 생물학 수업을 더 생각나게 한다. 공책 속의 세포 그림과, 얼버무리지 않고 자랑스럽게 외워낸 단어들이 머릿속에 등장한다. 리보핵산, 세포질, 원핵생물, 진핵생물, 이 중 내가 제일 좋아하는 건 골지복합체라는 미스터리한 기관이었다. 전자현미경의 발명으로 말미암아, 1935년에 우리는 처음으로 바이러스를 눈으로 보게 된다. 1950년까지, 겨우 20년 사이 2000개가 넘는 바이러스를 찾아 분류해냈다. 오늘날 많은 과학자들은 바이러스를 '생물과 무생물의 중간적 존재'로 정의하고 있다. 죽었지만 살아 있는 것. 〈부산행〉에 등장하는 좀비들처럼 말이다. 2008년, 바이로파지virophage가 최초로 발견되었다. 바이러스를 먹는 바이러스다. 바이러스의 특성 중 하나는 스스로 번

식할 수 없다는 점이다. 박테리아나 식물, 혹은 동물과 같은 숙주가 필요하다. 바이러스가 우리에게 나타난 이유는 인간도 한낱 동물이라는 걸 상기시켜주기 위해서다. 이미지를 찾아본다. 눈으로 봐야 할 것 같다. 어떤 그림들은 꼭 주물럭 공같이 생겼다. 아이들의 놀잇감을 떠올리게 하는, 던지면 벽에 달라붙는 그런 고무공 말이다. 또 다른 그림들은 누가 봐도 침략자나 폭도 같은 형상을 하고 있다.

○

16번 확진자가 증상이 있는 상태에서 접촉한 인원은 총 450명이라고 한다. 모두 소재지가 파악되었고 격리 조치되었다. 내가 하루에 평균적으로 접촉하는 인원은 다섯 명 안팎이다. 글을 쓰는 시기엔 접촉자라곤 수정밖에 없다. 그런 점에서 나는 오히려 14번 환자와 닮았다. 그는 도대체 어떤 삶을 사는 걸까? 나처럼 글을 쓰는 사람인 걸까 아니면 광장공포증이라도 있는 걸까? 어쩌면 일본과 한국에서 특히 흔하다는 *대인기피증*을 앓고 있는 걸지도. 타인의 판단에 대한 두려움이나 통제가 안 되는 수치심을 느끼는 정도를 넘어, 자신의 몸에서 나는 냄새 같은 구체적인 원인으로 인한 불안감이 사람을 극도의 시달림으로 몰아넣는다. 1910년 쇼마 모리타 박사가 이 질환의 치료법을 내놓았는데 그중 하나가 일기를 쓰는 것이다.

○

　사흘간 확진자가 발생하지 않았고, 나는 일이 좀 들어와 여윳돈도 생길 참이다. 이제 신문은 그만 보고 여름휴가 계획이나 짜보라는 신호가 아닐까? 바다냐, 산이냐? 산이냐, 바다냐?

○

　새로운 확진자들이 나타나기 시작했고, 재벌가 상속인과 북한 미남 장병 간의 말도 안 되는 로맨스를 그린 드라마 이야기는 뒷전으로 밀렸다. 그보다는 28번 확진자에 관한 이야기가 퍼지고 있다. 30대 중국인으로 3번 확진자의 지인이다. 성형외과와 호텔 동행인이 바로 그녀였다고 한다.

○

  세례를 주고 이름을 부여했다. 공식적인 바이러스 이름은 SARS-CoV-2이며, 이 바이러스가 유발하는 병은 COVID-19. 한국 사람들은 계속 '코로나'라고 부르고 있다. 여기에선 아무도 자기 입에 바이러스라는 단어를 올리고 싶어 하지 않는다. 축축한 이부자리와 펄펄 끓는 열, 소독약의 맛이 나는 단어다.

○

언젠가는 오게 될 것을 알고 오랫동안 기다려왔던 것이라면, 그게 그렇게 반갑지 않은 것이라 할지라도, 뭐라고 부를지 이름이라도 하나 지어주는 게 맞긴 하다. "기다림의 피해자들에게A las víctimas de la espera"라고 했다. 2년 전, 침대맡에서 두고 읽었던 책《사마Zama》의 바치는 글에 나오는 문장으로, 이제야 왜 저 문장을 썼는지 이해된다. 나 역시 새로운 단어를 하나 지어내본다. 말베니도.* 겨울의 한 월요일 오후에 되뇌어본다.

---

* '환영합니다'를 뜻하는 스페인어 표현 '비엔베니도bienvenido'는 부사 '잘 bien'과 동사 '왔다venido'가 합쳐진 표현이다. 작가는 부사 '잘' 대신 '잘못 mal'을 활용하여 '말베니도malvenido'라는 단어를 만들어 환영하지 않는다는 뜻을 전한다. ─옮긴이

○

일요일에 내린 눈은 적막과 망각을 유발한다. 보름 넘게 경보는 '경계' 단계에 머물러 있고 현재까지 30명의 확진자가 발생했다. 인구 5000만 명의 나라에 이 정도면 겨우 눈송이가 몇 개 떨어진 정도다. 자고 일어났는데 눈발이 날리기 시작하더니 오후까지 이어졌다. 다른 사람들처럼 나도 눈을 맞으러 밖으로 나갔다.

집에서 걸어서 20분 거리에 있는 남산으로 올라가 오솔길을 따라 고개 끝까지 걷기로 했다. 갑자기 눈발이 강해지더니 삽시간에 주변이 하얗게 변했다. 나무도 하얗고, 풀도 하얗고, 내 머리도 하얗다. 30미터 앞에서 걷고 있는 노인의 머리처럼. 눈 사이로 사라진 그는 다시 보이지 않았다. 자신만 알고 있는 지름길로 들어간 게 분명하다. 혹은 그런 노인은 존재한 적이 없었을지도. 사막에 가면 신기루가 보이듯이, 폭풍설 사이에서도 그런 게 일어날 수도 있는 거 아닌가, 라고 생각해본다.

해가 저물어갈 무렵, 산에서 내려가다 남산순환도로가 얼마 남지 않은 지점에서 어디선가 꿩 한 마리가 나타났다가 덤불 속으로 숨는 것을 보았다. 가까이 살고 있지만 못 본 체

지나치는 동물들, 우리와 함께 살고 싶어 하면서도 동시에 우리를 두려워하는 호기심 어린 동물들. 어떤 개구리는 지진을 감지한다는데, 꿩이 감지하는 건 무엇일까? 밤에 잠들기 전 눈을 감고 있는데 계속해서 눈송이가 보였다. 수백 개의, 수천 개의 눈송이가 그칠 줄을 모르고 내렸다.

2부

○

61세의 여성 X가 대구에서 가벼운 교통사고를 당하고 다음 날 한방병원을 찾았다. 병원에서는 인후통, 오한 등의 증상을 확인하고 신종 코로나 검사를 권유했으나 환자가 거부했다. (이후 병원에서 폐렴 증상을 확인하고 다시 검사를 권유했지만 거부했다고 한다.) 환자는 입원 기간 중에도 일상적인 생활을 계속했다. 택시를 탔고, 호텔 뷔페에 갔다. 교회 예배에도 두 차례 참석했다. 급기야 열이 횃불처럼 펄펄 끓어오르게 되자 보건소를 찾았고 그곳에서 검사를 진행했다. 결과는 양성. '31번 환자'로 알려지게 된 이 사람은 하루에만 15명을 확진자로 만든 데 책임이 있다. 정부는 31번 환자와 접촉한 것으로 추정되는 1000명 이상의 사람들을 추적하고 있다. 대부분이 환자가 다니던 교회와 관련이 있다. 슈퍼전파자. 31번 환자를 두고 그렇게들 부른다. 소화전이 폭발하는 장면이 머릿속에 그려진다.

○

저녁, 수정이 피자 한 판과 마스크 두 장을 갖고 집으로 돌아왔다. 한 지인이 사무실에 방문하며 익숙하다는 듯 과일이나 케이크 대신 마스크를 사서 돌렸단다. 아이들의 생일 파티에 사탕을 뿌리듯 말이다.

○

눈을 뜨자마자 휴대전화를 열어 뉴스를 확인한다. 급급히 숫자를 좇는 주식 중개인 같다. 찾던 걸 발견했다. 바이러스가 오늘 장에서 상승세를 기록한 것. 새로운 확진자는 오늘로 36명. 신규 확진자의 3분의 2 이상이 31번 환자가 다니던 교회와 관련 있는 것으로 확인되었다. 수정과 나는 아침 식사를 하며 31번 환자가 다녔다던 교회 종파에 관해 이야기를 나누었다. 신천지. 새로운 하늘과 땅이라는 뜻이다. 한국의 또 다른 기독교 종파에 관해 들은 적이 있다. 통일교. 집단 결혼식으로 유명한 종교로 독을 품은 덩굴처럼 사회 구석구석까지 뻗어나가 있다. 통일교 교주의 아들하나가 미국에서 찍었던 예배 사진이 기억난다. 총알로 만든 왕관을 쓰고 도금된 라이플 소총을 들고 있었다. 신천지는 듣자 하니 훨씬 더 특이한 종교다. 단순한 종파임을 넘어 기독교인들에게는 이단이라는 비난을 받는다. 신자들 대다수가 가족에게도 정체를 숨긴다. 완전히 비밀에 부친 채 수년을 산다. 수정은 시간이 없어 거기에서 말을 끊었다. 출근전 마스크를 쓰자 얼굴이 두 부분으로 나뉘었다. 알 수 없게 가려진 코와 입. 알아채는 데 시간이 걸린 두 눈만 남았다.

끈 조절이 가능한 옅은 분홍빛의 마스크는 겉면에 필터가 달려 있어 완벽하게 걸러진 공기를 마실 수 있다. 수정이 나가고 난 뒤, 평소에 하던 출근 전 입맞춤을 잊었다는 걸 깨달았다.

이제부터 혼자서 신천지에 관해 찾아보기로 한다. 정오가 되었을 때, 나는 신천지가 1984년 3월 14일에 창립되었고 현재까지 신도는 약 20만 명이라는 사실을 알게 되었다. 예배 중에는 의자에 앉지 않고 바닥에 깔린 방석에 앉는다. 자리와 자리는 가깝게 붙어 있다. 옆에 있는 사람과 어깨를 끌어안아 하나의 거대한 체인을 만든다. 그렇게 어깨동무를 한 채 노래를 부르거나 최대한 큰 소리로 울부짖는다. 공장의 생산 라인같이 촘촘한 이 영적인 공간에서 음습한 기도와 신음 소리가 터진다. 순간, 아주 작은 입자의 바이러스가 비말을 통해 공기 중에 떠다니며 전염을 일으킬 수 있다는 사실이 떠오르자 몸이 부르르 떨렸다. 사진을 찾아본다. 검은 바지에 흰 상의를 입은 수백 명의 사람들을 본다. 저 중 한 명이 슈퍼전파자일 수도. 신천지 신도들은 질병을 과소평가한다. 병에 걸리거나 죽는 건 신앙심이 부족해서라고, 입술도 떨지 않고 확신한다. 31번 환자는 마지막 순간에 가서야 검사를 받았다. 얼마나 독실하게 신앙생활을 했는데, 어떻게 신께서 그렇게 혹독한 벌을 내리시는지 이해하지 못했다. 신도들은 창립자인 이만희의 영생을 믿고 있다. 그는 심판의 날이 다가오면 오직 14만 4000명의 영혼들만 구원을 받을 수 있다고 했다. 20만 명 중 5만 6000명은 구원에서 탈락된다는 뜻이다. 좀 더 읽어보고 여기저기 물어보며 조사를 해봐야겠다. 갑자기 휴대전화에서 요란한 소리와 함께 긴급 메시지가 도착했다. 느낌표가 박힌 세모 모양의 신호가 떴다. 익숙한 모양이다. 미세먼지 농도가 높은 날, 폭염이 있는 날, 태풍이 오는 날에 정부에서 이 신호가 그려진 경보를 보낸다. 오늘의 메시지는, 국내 첫 코로나19 사망자가 발생했다는 것이다.

○

휴대전화에서 코로나 앱을 열어본다. 이전에는 서울과 그 주변부를 중심으로 점이 드문드문 표시되어 있었다. 지금은 한국에서 네 번째로 인구가 많은 도시, 대구에 수십 개의 점들이 박혀 있다. 앱을 열자마자 점 하나가 새로 떴다. 잠시 후 또 새로운 점이 나타났다. 이런 앱이 하나 더 있다고 들었다. 이 앱도 민간에서 만들었다. 둘 다 사람들의 자발적인 기부로 운영되고 있는데 지금은 투자자를 찾고 있다. 코백이라고 하는 이 앱은 사용자 100미터 내에 확진자가 있는지 알려준다.

○

　정부가 250만에 가까운 대구 시민들에게 외출 자제 권고를 내렸다는 뉴스를 보았다. 권고라고 하지만 이렇게 불안한 상황에서는 명령이라고 보는 게 맞을 것이다. 우리는 국경을 폐쇄하지 않았다고 비난하는 사람들을 비난했다. 동시에 신천지 시설이.폐쇄되었다는 소식을 듣고 안도했다. 서울에서는 도심 내 집회가 금지되었다고 한다. 거리에 대중이 밀집하지 않도록. 집회가 마치 국민 스포츠와 같은 나라임을 생각해본다면 여간 중대하게 내린 결정이 아니다. 집회라는 활동은 작은 산업에 가깝다고 볼 수 있는데, 관련 업체들은 메가폰이 붙어 있는 트럭부터, 휴대용 확성기, 현수막은 물론이고 시위대까지 제공한다. 보수정당의 관련자들이 은퇴한 노인들을 집회에 나오게 하고 현 대통령에 반대하는 구호를 외치도록 하며, 점심값 정도의 사례를 지급한다는 소문도 있다. 경복궁 근처의 광화문광장에 가면 토요일마다 군중이 모여 있는 것을 볼 수 있다. 어떤 사람들은 군복을 입고 태극기와 더불어 위대한 동맹국의 국기인 성조기도 들고 있다. 요즘엔 새로운 국기가 등장했는데, 이스라엘 국기다. 누군가 우리의 삶 앞에 무거운 벨벳 커튼을 드리

우기 시작했다. 오늘 받은 이메일에는 내가 가르치는 수업이 2주 뒤로 미루어졌다는 공지가 적혀 있었다.

○

　산체스 브라운과 대화를 나누었다. 외신 기자로 한국에서 살고 있는 친구다. 어제 현장 상황을 전하기 위해 대구에 다녀왔다고 한다. 나에게 함께 저녁을 먹자고 했다. 오늘이 아니면 한동안 못 볼지도 모르겠다는 생각이 들었다. 확진자 수가 계속해서 가파르게 늘고 있다. 저녁 식사는 야키토리 식당에서 하기로 했다. 일본식 닭꼬치 구이에 소주를 마셨다. 숙취가 끔찍하므로 요즘은 잘 안 마시던 술이지만 오늘은 술을 한잔 마셔야 이야기가 더 잘 나올 것 같아 주문했다. 산체스 브라운은 대구의 대부분 거리가 텅 비어 있었다며, 눈으로는 볼 수 없는 폭탄이 중심가에 떨어진 것 같다고 했다. 병원 앞에는 검사를 받으려는 사람들의 줄로 장사진을 이루었다고 한다. 의사들과 간호사들은 방호복을 입고 검사를 기다리는 사람들의 데이터를 받아 적고 있었는데, 그 모습은 곧바로 몇 년 전 후쿠시마의 모습을 떠오르게 했다고 한다. 방사선을 측정하는 가이거 계수기 대신 작은 총 모양의 비접촉식 체온계를 들고 있었다는 게 다른 점이었다. 가게를 약탈하는 사람도, 갈 곳은 잃은 길고양이도, 전선이 끊어진 공중전화도, 지붕에 떨어진 선박도 없었다. 하지만 그래서 되려 이 기분이 더욱 압도적인 걸지도 모르겠다. 우리는 두 번째 소주를 주문하고서 신천지에 관해 대화를 나누기 시작했다. 마치 메아리처럼, 다른 테이블에 앉은 손님들의 대화에서도 신천지라는 단어가 여기저기 들렸다. 이 종교에 대한 이야기는 들을수록 놀랍고도 무시무시하다. 산체스 브라운과 수정과 나는 카드 게임을 하듯이 서로 아는 이야기들을 하나씩 꺼내놓았다. 내가 이야기 한 장을 던지면, 다른 플레이어가 질세라 또 한 장을 던졌다.

○

산체스 브라운에게 전화가 한 통 도착했다. 정부에서 일하는 공무원이라며, 대구에 다녀왔으니 2주간 집에서 격리하라는 권고를 받았단다. 머릿속에서 나쁜 생각을 실은 기차가 출발하기 시작한다. 그날 밤, 우리는 소주잔을 부딪쳤고 반가움에 서로 껴안았으며, 입을 크게 벌리고 폭소를 터트렸다. 산체스 브라운에게 제발, 꼭, 알려달라고 했다. 혹여 아주 작은 증상이라도 나타나게 되면 말이다.

○

뉴스에서는 감염병에 대응하기 위해 국무총리를 중심으로 중앙재난안전대책본부가 세워진다고 한다. 국무총리와 질병관리본부를 통해서 정보가 전달될 예정이다. 서울 일일 신규 확진자 수는 한두 명에 불과하다. 하지만 도서관과 박물관, 공공 체육 시설, 그리고 학교가 문을 닫았다. 교육이라면 광적으로 집착하는 나라니, 파장이 작지 않을 것이다. 수정은 학창 시절 어떤 경우에라도 수업에는 가야 했다며 학교가 문을 닫았던 적은 단 한 번도 없었다고 한다. 서울시 공무원의 70퍼센트가 한 시간 늦게 출근해서 한 시간 늦게 퇴근하는데, 지하철 등 대중교통 시설이 혼잡해지는 것을 막기 위해서다. 장모님도 매일 오후에 가던 문화원을 잠시 끊었다. 나도 집 앞 구청 지하의 헬스장엔 가지 않을 거다. 갈 때마다 내 뒤에서 운동기구를 사용하던 세 명의 노인들이 생각난다. 그들도 지금은 텔레비전 앞에 앉아 시시각각 바뀌는 뉴스에 귀를 기울이고 있겠지. 바이러스는 노인들에게 특히 더 치명적이라고 한다. 늘어나는 수명을 거두어들이기라도 하듯이 말이다. 한국인의 기대수명은 82.7세다. 1954년, 전쟁이 막 끝났을 때 기대수명은 44세였다. 내년이면 나도 44살이 된다.

○

휴대전화, 컴퓨터, 태블릿 PC, 종이 신문, 텔레비전, 라디오, 모두 같은 뉴스를 전한다. 신규 확진자가 500명을 넘었고, 앞서 대통령은 위기경보를 '심각'으로 올렸다. 검사는 계속되고 있다. 나는 검사한다. 고로 존재한다. 그것이 곧 진리다. 지금까지 6만 건이 넘는 검사가 실시되었다. 바이오 테크놀로지 기업들은 한국에서 바이러스가 처음 발견된 지 일주일 만에 진단 키트 개발을 시작했다. 환자들의 정보 공개를 허락하는 감염법에 명시된 또 다른 조항에 따라 다른 때보다 훨씬 빠른 속도로 사용 허가를 받았다. 홍수가 난다는 확신이 있었기에 댐이 건설되었다. '혹시나'라는 여지는 한 번도 없었다. 바이러스란 그런 것이다. 아무도 알 수 없는 미립자. 하나의 숙주로는 만족하지 않고 수백만을 원하며, 우리 모두를 열병의 형제들로 묶어버리려 한다. 그들은 정복당한 적이 없다는 사실을 상기시키며, 도대체 우리는 살아남을 만한 가치가 있는 존재인가를 질문하게 한다.

○

　며칠 전 청와대 국민청원 게시판에 하나의 글이 올라왔
다. "신천지 예수교 증거장막성전(이하, 신천지)의 강제 해체
(해산)를 청원합니다." 20만 명 이상의 동의를 얻은 게시물
에는 청와대가 반드시 답변해야 한다. 현재까지는 55만 명
이 청원에 동의했다. 정부는 신천지에 신도 전원의 연락처
가 적힌 명단을 요구했다. 알려진 바로는, 신천지 신도들은
휴대전화의 QR 코드나 디지털로 지문을 인식한 후 예배에
참석할 수 있다. 신천지의 교주가 유비쿼터스를 실현한 것
이다. 대구 내 한 보건소의 감염예방 총괄 직원이 신천지 교
인이었다는 사실이 밝혀졌다. 누군가는 전국에 퍼져 있는
신천지 위장교회의 위치를 보여주는 앱을 개발했다. 몇 시
간 전 앱을 실행해 보았다. 가끔 들르던 조개구이집 근처에
위장교회가 하나 있었다.

○

　두 번째 집단감염이 발생한 곳은 대구에서 멀지 않은 청도군의 한 정신병원이다. (정확히는 정신 병동이다.) 이단 종교 집단, 정신병원, 감염율이 매우 높은 질병. 기괴한 삶의 모습들이 구체적으로 드러난다. 바이러스를 통해 세상의 한 자리를 차지하고자 하는 육신들. 극도로 과장된 허구의 소설과 현실 간의 간극이 시시각각 좁아진다.

○

수업에 대해 생각하는 것도, 새 소설을 계속 쓰는 것도, 책을 읽는 일도 잠시 멈추었다. 바이러스와 신천지의 세상에 갇혔기 때문이다. 나도 그들의 인질이자 포로다. 누군가 한국에는 병원에 장례식장이 붙어 있어 그곳에서 장례를 치른다고 하여 무척 이상하다고 생각했던 일이 떠올랐다. 그러고 보니, 화려하게 장식된 장의차를 한국에서는 본 적이 없다. 문득, 오랫동안 잊고 있었던 기억이 되살아났다. 강물 위에서 하나의 형상이 되는 안개구름의 모습처럼 말이다. 90년대 말, 보고타에 있을 때였다. 스무 살 무렵, 친할머니가 돌아가셨다. 가족 모두 장례식장에 모였다. 화장을 하기로 한 날이다. 시간이 다가오자 우리 모두 일어섰다. 장의업체 직원이 아버지에게 가족 중 한 명은 장의차에 같이 탑승해야 한다고 했다. 아니, 내가 먼저 그 차에 타겠다고 했던가? 어쨌든 관을 실을 수 있게 개조된 검은색 포드 차에 올라탔다. 내 뒤에 할머니가 있었다. 시체 상태로, 방부 처리되어. 정오였고 날씨는 맑았으며 보고타의 일상적인 교통체증이 있었다. 신호에 걸려 차가 멈추었다. 너무 더워서 창문을 열어야 했다. 사람들이 우리를 쳐다보았고, 나도 그들

을 바라보았다. 흰 콧수염이 있는 운전기사가 자랑 같은 이
야기를 들려주기 시작했고 나는 맞장구를 쳐주었다. 살해당
한 대통령 후보의 시신을 운반했던 이야기와 사고로 사망한
미인대회 우승자의 시신을 태웠던 이야기도 들려주었다. 내
게 라디오를 켜줄 수 있느냐고 물었다. 볼레로가 나왔다. 보
카디요와 플라타노 케이크, 아니면 병아리콩을 요리하면서
할머니가 늘 부르던 그 볼레로였다. 운전기사가 아이들 시
신을 태우는 건 별로 좋아하지 않는다며, 차가 너무 가볍게
느껴지기 때문이라고 했다. 시간도 공간도 멀리 떨어진 지
금 여기에서, 그때 그 장의차를 떠올린다. 햇살과 음악 아래
에서, 다른 이들의 이야기들을 들으며 보낸 그 시간은 할머
니에게 드릴 수 있었던 최고의 작별 인사였다. 코로나19의
첫 사망자는 20년 넘게 정신병원에 입원해 있었던 57년생
남성이다. 밥을 제대로 먹지 못했다고 했다. 그동안 아무도
그를 체중계에 세운 적이 없어 사망 후에야 체중이 처음으
로 기록되었다. 42킬로그램이었다.

○

확진자가 2000명을 넘었다. 그중에는 항공사 승무원도 있다. 아직 국경을 폐쇄하지는 않을 것이라고 한다. 스페인에 있는 한 친구가 나에게 메시지를 보냈다.

– 거기, 괜찮은 거야?

뭐라고 답을 해야 할지 모르겠다.

○

2022. 2022. 2022. 2022. 2022. 2022. 2022. 2022. 2022. 2022. 2022명의 확진자.

○

 오늘 하루에만 909명의 확진자가 발생했고, 저녁에는 총
확진자 수가 3000명을 넘을 것이다. 이제 커튼은 끝까지 쳐
지게 되었다. 고립의 시간이 다가온다.

○

전 국민에 대한 자가격리도 공표하지 않았고, 도시도 폐쇄하지 않았다. 거리를 순찰하는 경찰도 없다. 하지만 거의 일주일 동안 문밖으로 나가지 않았다. 영화 〈절멸의 천사〉와 같은 상황에 처했다. 오페라를 보러 갔다가 한 저녁 식사 자리에 모이게 된 부르주아들. 갑자기 알 수 없는 힘에 의해 응접실을 나가지 못하게 된다. 그곳에 갇혀 며칠을 보내니 시간 감각은 무뎌지고 쓰레기는 쌓여간다. 그들과는 달리 여기에는 파티도 없고 우리는 부르주아도 아니며, 우리를 갇히게 만든 보이지 않는 힘의 존재가 무엇인지 알고 있다. 함께 만든 가정 안에서, 수정과 나는 서로의 기분에만 의지하며 단둘이 지내고 있다. 식사 시간엔 음식을 배달시키기보다 요리하는 편이 낫다. 시간이 더 빨리 가기 때문이다. 단지 그 이유다. 시간은 짧아지기도 하고 늘어지기도 한다. 60분은 60분이 아닌 게 되었지만, 여전히 한 시간 두 시간 세어간다. 그러다 보면 하루라는 탑이 완성되어 있다. 하루를 완성하고, 또 다른 하루를 끝낸다. 언제나 그래왔던 것처럼, 영원히 그럴 것처럼 말이다.

○

눈을 감는다. 알 수 없는 자극이 어렸을 때 보았던 비누
이름을 떠오르게 한다. 럭스. 센수스. 엘도라도. 카레이. 프
로텍스. 그러다 내가 살았던 모든 집의 화장실들이 떠오른
다. 머릿속에서 그려보며 비교한다. 내가 갔던 모든 호텔의
화장실과 그중에서도 가장 인상적이었던 곳을 떠올려본다.
내가 갔던 농장들의 화장실과 식당들의 화장실, 술집들의
화장실을 떠올린다. 손을 씻는다. 두 시간에 한 번꼴로. 결
혼한 지 10여 년이 지나고서야 수정이 어떻게 손을 씻는지
자세히 살펴보게 되었다. 그걸 보니, 손 씻는 내 방법이 부
끄럽게 여겨진다. 걱정된다. 손을 씻을 때 손가락 끝은 신경
도 쓰지 않았었다니.

○

  인터넷으로 장을 보기에 이르렀다. 한국에서는 바이러스
가 퍼지기 전부터 이미 많은 사람들이 인터넷으로 장을 보
았다. 해안에서 직송되는 꽃게는 완벽하게 포장되어 있다.
아직 살아 있을 수도 있다. 나는 지금까지 버텼다. 감자알과
토마토를 직접 보고 골라야 한다. 이건 나와 감자알, 그리고
토마토 간의 사정이니까. 어떨 땐 알 하나를 뚫어져라 쳐다
볼 때도 있다. 대화를 시작하기라도 할 것처럼 말이다.

○

    오늘은, 전체 확진자의 30퍼센트가 20대라는 뉴스가 나
왔다. 노인들이 더 빠르게 감염되고 사망에 이르는 중국의
경우와는 완전히 다르다. 20대 여성. 신천지의 추수꾼이 자
신들의 완벽한 포교법을 펼치기 위해 공략하는 집단이 바로
20대 여성이다.

○

　며칠간의 자가격리를 끝내고 오늘은 미용실에 갔다. 일상에 대한 희망을 채우고 수정이 아닌 다른 사람을 볼 필요가 있다. 미용실에서 머리를 감겨주는 시간을 항상 좋아했다. 페티시가 있는 건 아니다. 성적인 기분을 느끼는 것 따위를 넘어 천진하고도 순수한 웰빙의 순간을 누리는 기쁨. 머리에 샴푸가 끼얹어진 어린아이를 떠올린다. 하지만, 이 훈훈한 시간을 맛보기 전 입구에서 체온을 잰다. 37.5도를 넘으면 어떡하지? 나를 신고해서 경찰이 오게 될까? 미용실이 이렇게까지 비어 있는 건 본 적이 없다. 세 명의 직원이 나를 담당한다. 한 명은 내 코트를 받고, 한 명은 나를 자리로 안내하며, 나머지 한 명은 덮개로 내 눈을 덮는다. 오늘 내 머리를 감기는 직원은 시간을 아주 많이 들인다. 묻지도 않았는데 목 부근에 오일을 발라 마사지까지 해준다. 생각을 덮기 위해 일을 하고 시간을 채운다. 미용사는 왼쪽 귀 뒤로 삐져나온 부분을 알맞게 자르기 위해 고군분투하며 긴 시간을 보낸다. 이 모든 장면이 얼마나 비현실적인지를 생각하자, 타인과 접촉하는 기쁨이 사라졌다. 손님 하나는 내 반대편 구석에, 다른 손님 하나는 그 반대편 구석에 앉아 있다. 아니, 손님이 아니라 이전부터 내가 가는 곳마다 따라다니던 유령일 수도 있겠다.

미용실에서 나와 점심 식사를 한다. 일본식 라멘. 작은 가게지만 유명해져서 지점이 많은 곳이다. 집 앞에 있는 지점은 유독 유명해서 보통 가게 앞에 사람들이 줄을 선다. 오늘은 안에도, 밖에도, 아무도 없다. 식당 안에는 말 그대로 나 하나뿐이다. 나와 똑같은 마스크를 쓴 종업원이 늘 갖다주던 물병과 함께 손 소독제도 같이 갖고 와 나에게 사용해달라고 요청한다. 영화 〈샤이닝〉의 한 장면이 생각난다. 오버룩 호텔의 바에서 이미 죽은 지 몇 년이 지난 유령 종업원에게 술을 주문하는 주인공 잭 토런스. 테이블에 라멘이 놓이자 나는 마스크를 벗어 코트 주머니에 넣는다. 아까 그 미용사처럼, 나도 식사에 시간을 많이 들인다. 생각에 틈을 주지 않기 위해 시간을 채운다. 한 숟가락, 한 숟가락 맛을 음미하던 중, 주머니 사이로 삐져나온 마스크의 고리가 보였다. 의료용, 보건용으로 취급되던 물건이라고, 집에서 격리 중일 때 인터넷에서 읽었다. 바이러스가 퍼지기 전, 아시아에서 마스크는 공기 오염으로부터 자신을 보호하고 위생을 지키는 상징 같은 것이었다. 동시에 연예인들이 사용하는 액

세서리이기도 했다. 지금은 너나 할 것 없이 모두가 사용한다. 2주 전, 31번 환자의 행동이 아직 나라를 뒤집어놓기 전에, 신문에서 마스크 시대에는 어떻게 화장을 하면 좋을지에 대한 조언을 다룬 기사를 보았다. 요즘의 화장법은 당연히 눈에 집중하라는 것이었다. 립스틱은 아무도 쓰지 않아 판매량이 바닥으로 추락했다. 나는 이제 거리에서 사람들의 각기 다른 코 모양을, 입 모양을, 턱 모양을 관찰할 수 없다. 오직 눈들이다. 시선을 피하는 눈, 빤히 쳐다보는 눈, 위협하는 듯한 눈. 눈만 보고서는, 눈과 함께 얼굴의 다른 부분들을 함께 보지 않고서는, 지금 그가 슬픈지 아니면 기쁜지 알기가 무척 힘들다. 바이러스는 얼굴의 모든 부위가 함께 만드는 표정이라는 것을 흐리게 지워버렸다. 얼굴의 표정이 다시 대중 앞에서 드러나는 유일한 시간은 식사를 할 때다. 하지만 오늘 식당에선 내 맨얼굴을 볼 사람이 한 명도 없다. 기자회견이 있을 때 대통령과 관련 참모들도 마스크를 쓰고 등장한다. 신뢰를 주기 위해, 상황을 예의 주시하고 있다는 것을 보여주기 위해서다. 아, 근데 입술을 읽어서 내용을 이해하는 사람들은? 그 사람들은 어쩌라는 거지?

○

우리는 오늘, 재림 예수이자 메시아이며 구원자의 모습을 라이브로 보고 있다. 그에 따르면, 자신만이 성경에서 가장 수수께끼 같은 부분인 요한계시록의 참 의미를 푸는 능력을 가지고 있다고 한다. 모두의 주목이 쏠린다. 매년 올림픽 체육관을 가득 채워 창립 기념일을 챙기니, 이런 주목에는 익숙하겠지. 신천지 사태 후 처음으로 대중 앞에 등장했다. 밝은 회색 정장에 흰 셔츠를 입고 노란색 넥타이에 안경을 쓰고 있다. 염색한 검은 머리카락은 단정히 붙어 있다. 염색한 지 몇 시간 안 된 듯하다. 기업 주주총회의 회장이 앉을 법한, 편해 보이는 의자에 앉았다. 사실, 그의 직함도 '총회장', '총재'라고 한다. 두 손을 테이블 위에 올리고 마이크를 가까이에 댄다. 그의 뒤에는 '평화의 궁전'으로 들어가는, 무늬가 새겨진 커다란 목재 문이 보인다. 회견장에는 기자들 외에 신천지에 빠진 아들딸을 돌려보내라는 내용이 적힌 피켓을 든 사람들도 있다. 교주는 아마도 연습을 한 듯 조금 갈라진 목소리로 말한다. "31번 코로나 사건과 관련하여 신천지 대표로서 국민 여러분께 진심으로 사죄의 말씀 드립니다." 오늘 자로, 확진자의 약 57퍼센트가 신천지와 관련된 사람들이다. 전국의 경찰들과 질본의 공무원들은, 마치 조선 시대의 초기 천주교도들처럼 신분을 밝히기가 무서워 숨어 있는 신도들을 찾아다닌다. 듣자 하니, 신천지에서 정부에 제출한 신도 명단에 빠진 게 있다고 한다. 사흘 전, 이만희 교주는 특별 편지를 통해 바이러스는 요한계시록에 기록되어 있으며 지금 일어나는 일들은 궁극적인 목표, 즉 14만 4000명을 구원하기 위한 것이라고 말했었다. 신도들은 그 자리를 두고 서로 다툰다. 그 자리 때문에, 다른 신도들보다 앞서기 위해 더 많이 추수해야 한다. 편지는 마귀가 이만희 총재를 질투해 방해를 놓는 거라는 메시지로 끝난다. 이때까지만 해도 교주로서는 바이러스의 존재가 차라리 반가웠을 것이다. 종말이 온다는 자신의 예언이 활기를 띠게 됐으니. 그러나 확진자가 기하급수적으로 늘어나버렸고 그의 태도도 바뀌었다. 기자회견에서 교주가 사과를 마치자 기자들이 질문을 시작했다. 일부 기자는 전신 방호복을 입고 있었다. 자칭 메시아이긴 하나 나이가 이미 90세라 귀가 잘 안 들리는 교주는 옆에 있는 보조원의 도움을 받는다. "음성이라 뭐라 하는데 난 음성도 잘 몰라요. (…) 매년 10월이 되면 제가 독감 예방 주사를 맞습니다." 코로나19 검사를 받았냐는 질문에 한 대답이다. 누군가 공개적으로 검사를 한 번 더 받으라고 말한다. 그러자 혀를 끌끌 차며 거절한다. 기자회견 내내 한 여성이 살인마라고 외친다. 갑자기 교주가 목소리를 높여 짐짓 고압적인 톤으로 훈계한다. "조용합시다. 조용. 우리는 다 성인입니다." 마지막으로 영생을 믿느냐는 질문이 이어진다. 신도들이 자신을 믿게 하는 미끼이자 교리의 핵심이다. 그는 대답을 거부한다. 이어, 교주가 가장 기다려왔던, 가장 많이 준비했던 시간이 다가왔다. 그는 자리에서 일어서서 테이블 앞으로 나오더니 무릎을 꿇었다. 두 손을 가볍게 이마에 얹은 뒤, 바닥을 보고 절을 했다. 그 자세로 몇 초가 흐른다. 아무의 도움도 없이 일어서더니 동작을 반복한다. 절이 끝나자 보조원들이 와서 연예인을 모시듯 그를 데려간다. 사라지는 그를 향해 외치는 소리들에는 분노가 녹아 있다. 나무로 만든 문이 닫힌다. 아마 우리가 그를 다시 볼 일은 없을 것 같다.

○

우편물을 모아두는 함을 체크한다. 며칠 전 건강보험증을 찾았을 때 이전에 집을 청소하러 왔던 분이 놓고 간 메모가 있는 걸 봤었다. 아, 찾았다. 요한계시록의 구절이 적혀 있다.

○

휴대전화에 울리는 알람 메시지가 이제는 매일 도착하는 우편물 같다. 다만 나쁜 소식일 게 뻔하니 아예 열어보지도 않는다. 그나마 알게 된 사실은 수백 명의 신천지 신도들이 더 파악되어 검사를 받고 격리되고 있다는 것. 정신 병동과 요양 시설, 그리고 이스라엘에 다녀온 성지순례단과 같은 다른 감염 집단도 통제되고 있다. 제임스 그레이엄 밸러드James G. Ballard의 한 소설처럼, 대부분 사람은 이미 문을 닫은 민간 소유의 숙박 시설에 격리되어 있다. 바람이 더 이상의 불길은 지피지 않을 거라고 믿는다.

○

이만희 같은 교주가 한국에 적어도 50명은 있다고 한다. 어떤 이는 120명이라고도 한다. 가장 신랄하다고 생각했던 조롱은, 이들 중 단 한 명의 진짜 재림 예수를 가리는 서바이벌 프로그램 '나는 예수다'를 만들어야 한다는 인터넷 게시물이었다.

○

임의로 펼쳐진 책장에 적혀 있던 글귀.

그곳에 앉아, 생각에 잠겨, 성냥개비로 대머리를 계
속 긁어댄다. 마치 불을 피우려는 것처럼.

○

두어 달 만에 스페인어 뉴스를 녹음하기 위해 KBS 방송국으로 향했다. 마스크 쓰고 오는 걸 잊지 말라고, 스튜디오에서도 반드시 착용해야 한다는 메시지를 받았다. 자발적 격리는 이제 그만. 반쯤 비어 있는 버스가 한강을 가로지른다. 하늘이 유난히 맑다. 한동안 미세먼지가 농도가 눈에 띄게 낮았다. 방송국으로 들어가기 전 빵집에 들러 커피를 샀다. 방송국 건물 입구에는 체온을 측정하는 기계가 있다. 입구를 관리하는 직원이 한눈을 파는 바람에 내가 음료를 들고 기계를 지나는 걸 놓쳤다. 알람이 울리자마자 로비에 있던 사람들이 나를 향해 고개를 돌린다. 커피를 테이블에 놓고 다시 기계를 통과한다. 이상 없음.

엘리베이터 입구에 손 소독제 한 병, 사무실 입구에 손 소독제 한 병. 80여 명의 직원이 일하는 편집실에 오늘은 총 10여 명이 근무하고 있다. 평일임에도 불구하고. PD가 나에게 인사를 하고선 바로 내 자리 옆에 놓인 손 소독제를 가리킨다. 내가 손 소독제를 바르는 걸 확인한 뒤 30분 뒤에 녹음을 시작하자고 말한다. 이맘때면 한미연합훈련이 열려 북한을 자극한다. 어제 사실, 북한이 방사포를 쏘았다. 하지만 아무도 상관하지 않는다. 현실에선 바이러스가 훨씬 더 위협적이다.

부스에 들어가 오늘의 뉴스를 전달한다. 오늘처럼 날 좋은 화요일 오후, 누적 확진자는 4812명, 사망자는 28명이다. 전국 누적 확진자 중 대구 확진자 비율이 약 75퍼센트를 차지한다. 첫 확진자 발생으로부터 44일이 지났고, 정부는 12만 건이 넘는 검사를 실시했으며 현재 신천지 신도들과 그 주변인들의 검사 결과를 기다리고 있다. 현재 한국 정부는 후베이성에서의 입국만을 금지하고, 다른 나라는 아직 막고 있지 않으며 앞으로도 그럴 계획이 없다. 국민들의 자발적인 통제. 제때 전해지는 정보와 투명함. 대량으로 실시되는 검사. 감염 경로 추적과 확진자 격리. 이 네 가지가 바로 불, 공기, 땅, 물이라는 지구의 4 원소만큼이나 중요한 요소이다.

보통 때라면 스튜디오를 떠나기 전 PD와 포옹을 한다. 물론 한국에선 친구 사이에서조차 흔한 행동이 아니다. 정부에서 신체 접촉은 최대한 피하라고 했다. 하지만 고위 간부들처럼 서로의 양손을 꽉 쥐며 악수를 했다. 곧 다시 봐요. 우리 둘 다, 진심을 담아 말했다.

아직 집에 돌아가기 싫다. 한 일주일은 못 나오게 될 것 같다. 방송국 근처 국제금융센터 지하에 있는 쇼핑몰에 가 보기로 했다. 살 건 없지만 좀 걷고 싶어서 둘러볼 참이다. 별로 춥지 않았다면 공원에 갔을 것이다. 이제 저녁 6시다. 다른 때라면 쇼핑하는 사람들로 북적댔을 텐데. 건물의 깊은 지하에 있는, 넓고도 텅 빈 쇼핑몰을 걷는다. 에스컬레이터를 타고 올라갔다 내려간다. 푸드코트를 지날 때까지 내가 마주친 사람은 겨우 두 명. 그럼에도 모든 상점들이 열려 있다. 찾아오지 않을 손님을 기다리는 점원들. 디노 부차티의 《타타르인의 사막》이 생각난다. 한 장군이 사막 한가운데 요새를 지어놓고 적군이 나타나기를 기다리지만 한평생 아무 일도 일어나지 않는다. 영화관 티켓 부스에도 줄이 없다. 팝콘을 파는 매점에도. 하지만 영화는 계속 상영되고 있다. 〈델마와 루이스〉 〈빌리 엘리어트〉 〈타이타닉〉 같은 옛날 영화들이 상영 중이다. 유리 난간에 기대 지나가는 사람이 있는지 관찰한다. 마스크를 쓰고 허리에 무전기를 찬 경호원이 나타난다. 거기에 기대시면 안 됩니다. 자본주의의 말로를 보게 내버려두지 않는다. 바이러스가 종식되고 나면 자본주의의 종말이 올 거라는 예측을 많은 사람들이 믿고 있다는 기사를 몇 개 읽은 적이 있다. 이 지식인들은 환경과 연대성을 골자로 하는 새로운 질서를 규정해주기도 하지만, 동시에 배달시킨 타코를 갖고 온 알바생에게 팁을 줄지 말지를 고민한다. 사무실의 문을 열고 다시 거리로 나가게 되는 날, 광장의 한가운데서 기업의 대표들이 스스로 자신의 목에 밧줄을 걸고 있는 장면을 보게 될 것이라고 믿는다.

○

콜롬비아에서 어머니가 어떻게 지내냐고 수시로 묻는다. 나는, 이 도미노 칩이 넘어져 거기에 도착하는 건 시간 문제일 거라는 말을, 중얼거린다.

○

확진자가 5000명을 넘었고 32명이 사망했다. 대통령은 바이러스와의 전면전을 선포했다. 한국에서 쓰이는 전쟁 용어는 현재의 상황에 더욱 선명한 의미를 부여한다. 많은 한국인에게 저런 표현은 지하 대피소로 도망치는 사람들과 공중으로 날아오르는 전투기와 끊임없이 울리는 사이렌 소리를 연상시킨다. 하지만 모든 것이 고요하다. 어제보다 오늘이 더 추울 뿐이다.

○

한국의 소주 회사들이 소독제를 만들라며 알코올을 기부
했다. 세계에서 가장 많이 팔린 술의 원료인 에탄올이, 무려
수십 톤이나 한국인의 목구멍으로 들어가지 않게 된다니.
참고로, 소주는 러시아의 보드카보다 세 배나 더 많이 팔리
고 있다. 시골에 놀러 갔을 때 혹은 오렌지색 시트지가 덮
인 플라스틱 테이블과 의자가 야외에 놓인 오래된 술집 같
은 곳을 갔을 때 가끔 한국식으로 하는 행동이 있다. 소주를
한 병 주문한 후 첫 잔을 따르기 전에 수정이 소주병의 목 부
분을 가볍게 친다. 빠르고 확실하게 때리면 소주 몇 방울이
튀어 올라 바닥으로 떨어진다. 죽은 자들을 위해서. 곧 다시
그들의 안녕과 명복을 빌게 될 것 같다.

○

신천지가 이미지를 세탁하려고 한다. 첫 번째로 이만희 교주가 검사를 받지 않은 신도들은 예배에 올 수 없다며 모두 검사를 받으라고 호소했다. 병원 주차장이나 야외 넓은 곳에 설치된 선별 진료소에서 검사를 받을 수 있다. 검사를 받는 데 걸리는 시간은 10분이 채 안 된다. 공중전화 부스처럼 생긴 검사소도 여기저기 임시로 설치되었다. 의사가 그 안에 들어가서 특별하게 제작된 장갑을 끼고서야 검사자와 접촉한다. 두 번째는 조금 더 절실한 제스처로, 사회복지공동모금회에 120억을 기부한 것이다. 그러나 곧, 모금회에서는 그 돈을 그대로 돌려주었다고 한다. 마치 식당에서 검고 긴 머리카락이 나온 밥을 다시 가져가라는 듯이.

○

친구 산체스 브라운은 그동안 특별한 뉴스 없이 격리를 무사히 끝냈다. 하지만 오늘 밤에도 집에서 나오기를 꺼리고 있다. 특수부대처럼 효과적이고 신속하게 슈퍼마켓에 들르는 일 외에는 집에서 자발적으로 일주일이나 더 격리되어 지낸 후, 오늘에서야 우리 집에서 가까운 작은 클럽에 함께 놀러 가기로 했다. 입구에 도착하자 직원은 우리를 보자마자 손 소독제를 바르고 들어가서도 마스크를 절대 벗지 말라고 말했다. 커튼을 열어젖히고 안으로 들어간다. 뭔가, 병원 성애자 전용 SM 클럽에 들어온 기분이 들었다. 음악을 좀 듣다가 밖으로 나와 친구와 담배를 피웠다. 반쯤 태웠을까, 한 중년 여성이 우리 앞으로 다가왔다. 왼쪽 귀에만 마스크를 대강 걸치고서 친구에게 말했다. "섹스 마사지, 포티 싸우전드, 레츠 고, 레츠 고." 우리는 반응 없이 그녀를 본다. 아직 홍등가가 있는 윗동네에서 여기까지 내려왔을 것이다. 이태원의 거의 반을 차지하는 군부대의 미군들이 가던 사창가 가게들이 조금 남아 아직도 영업 중이다. 여자가 다시 우리를 부른다. "마사지, 마사지!" 결국 포기하고선 가버린다. 이곳은 외줄 위에서 비틀거리는 사람들로 가득하다.

○

약간의 숙취를 느끼며 잠에서 깼다. 화장실에 갔다가 모카 포트를 불에 올리고 음반을 하나 골랐다. 영화 〈배리 린든〉의 사운드트랙. 턴테이블을 켜고 수정이 일어나기를 기다렸다가 토스트를 먹을 건지 달걀을 먹을 건지, 아니면 둘 다 먹을 건지 물어보았다. 이 소중한 15분, 20분의 시간 동안, 바이러스라는 존재는 없다.

○

한 중학생이 신천지 홈페이지를 해킹해 화제가 됐다. 홈페이지 첫 화면에 앉아 있는 부처의 이미지가 팝업창으로 떴다. 집단감염은 다른 곳에서도 일어났지만, 우리의 불안감과 앞으로 일어날 일에 대한 공포심이 지나는 길엔 신천지밖에 없다. 지금 우리에겐 샌드백이 필요하고, 마침 신천지가 있다.

○

한 관광해설사가 가벼운 증상을 느껴, 일지에 자신의 동선을 모두 기록하기로 했다. 그는 스스로를 의심하고 관찰했다. 언론에 그의 일지가 잠깐 공개되었다. 세련되고 힘이 있으며 공문서 같은 글씨체였다.

다른 무고한 사람들에게 피해가 가지 않기를 바라고 또 바라는 마음에서 혹시 모를 상황에 대비해 다음 기록을 남깁니다.

2020. 1. 23 (木)

11:40分쯤 집에서 도보로 도화역 이동 (12分 소요)

12시 5분에서 10분쯤 승차. 1시쯤 용산 도착 (53分 정도 소요)

도보로 전쟁기념관으로 이동 (20分 정도 소요)

전쟁기념관 도착 전 삼각지역 (4호선) 부근 우리은행 현금 입출금기 이용

14시 전쟁기념관 중국인 정시 해설함 (40여 분 정도)

17시 정시 퇴근 후 올 때와 반대로 도보로 용산역 이동

아마도 17시 24분 동인천행 급행 승차

주안역에서 하차 인천행 전철로 다시 옮겨 탄 후 도화역에서 하차 후 도보 귀가

    이런 식으로, 38쪽에 달하는 이 일지에는 기념관 앞 정원의 벤치에 앉아 쉬거나, 출퇴근을 위해 대중교통을 이용한 것 외에 다른 곳을 방문한 기록이 거의 없었다.

○

화장실에 앉아 캐나다 뮤지션 레너드 코헨의 노래와 시가
적힌 책을 뒤적인다. 마치 《주역》처럼, 언제나 거기에는 답
이 있다.

I wonder how many people in this city

live in furnished rooms.

Late at night when I look out at the buildings

I swear I see a face in every window

looking back at me,

and when I turn away

I wonder how many go back to their desks

and write this down.

이 도시에선 얼마나 많은 이들이

가구가 갖춰진 집에서 살고 있을까.

늦은 밤, 빌딩들을 바라본다.

각각의 창 너머로 내가 바라보는 얼굴들이

나를 바라보는 게 분명하다.

그러다 뒤돌아서 궁금해진다.

그들 중 얼마나 많은 이들이 자신의 책상으로 돌아가
이 글을 쓸까.

○

　오늘, 집단감염이 발생한 대구의 한 아파트에 코호트 격리 조치가 내려졌다. 흥미로운 점은, 이곳이 35세 이하 저소득층 미혼 여성을 위한 특수 임대아파트였다는 것이다. 월세는 가구당 약 5만 원 수준이다. 입주민 142명 중 94명이 신천지 교인이며 그중 46명이 확진자로 판명되었다. 그 외에 나머지는 감염되지 않았다. 확진자들은 입원 및 격리됐고 나머지 주민들은 집에서 나올 수 없다. 구호 물품 상자가 차에 실려 아파트 입구에서 전달된다. 경비원이 그걸 받아 각 가구의 문 앞에 갖다 둔다. 햇반, 라면, 참치 통조림, 햄 등이 들어 있다. 구호 물품으로 만든 새로운 요리가 개발될 수도 있지 않을까? 그 밖에도 상자에는 치약, 칫솔, 화장지, 소독제, 물 등이 들어 있다. 이 아파트 이름은 한마음이다. 하나의 마음.

○

확진자들의 이야기를 더는 쫓을 수가 없게 됐다. 너무 많아져서 이제 누가 누구였는지 헷갈리고 서로 겹친다. 다만, 7041명의 확진자 중 눈에 띄는 케이스가 하나 있다. 정부의 주요 청사들이 모여 있는 도시에서 확진 판정을 받은 보건복지부 직원의 사례다. 줌바 수업에서 감염되었다고 한다. 벌써 줌바 수업과 관련이 있는 확진자가 90명을 넘었다. 재난을 몰고 온 게 사이비 종교와 춤이라니. 그것도 살사와 메렝게를 합친, 콜롬비아의 칼리에서 탄생한 춤이라니 말이다. '룸바사이즈' 처음엔 그렇게 불렀다. 하늘로 던져진 뼈다귀가 이번에는 어떤 우주선을 불러낼지, 두고 볼 일이다.*

---

* 영화 〈스페이스 오디세이〉에서 오랑우탄이 인류 최초의 도구인 뼈다귀를 하늘로 던지자 우주선으로 바뀌는 인류의 변화(일종의 나비효과)를 담은 장면으로 룸바가 만들어낸 나비효과를 비유한다. ─옮긴이

○

첫 감염 사례가 나온 후로 50일째. 정부에서 마스크 부족과 사재기에 대응하기 위해 공적 판매를 시작했다. 수출도 금지했다. 한국 정부에서 한 조치 중 북한과 공산주의에 가장 가깝다. 코로나 감염자가 한 명도 없다고 말하는, 북한 말이다. 언제나 그렇듯이, 소문이란 유황 구름처럼 퍼진다. 확진자는 총살이라고.

생년의 마지막 숫자에 따라 일주일에 한 번, 1인당 두 개의 마스크를 구매할 수 있다. 나는 화요일에 마스크를 살 수 있다. 마스크를 판매하는 약국의 마진은 거의 없다시피 하다. 어느 약국에 마스크가 도착했는지, 대략 몇 개가 남았는지 지도 앱을 통해 실시간으로 확인할 수 있다. 사람들이 집단으로 몰리지 않도록 말이다. '집단'이라는 단어를 보니 사람으로 꽉 찬 놀이공원과 수영장, 큰 보험회사의 점심시간 엘리베이터, 이미 매진된 영화의 개봉관, 어버이날 식당, 크리스마스 심야 미사 중 옆 사람과 주고받는 평화의 인사, 자정 무렵의 클럽, 조식 뷔페, 마드리드와 도쿄의 지하철 푸시맨, 스파, 매년 봄 석가탄신일 행렬, 몸과 몸이, 특히 낯선 사람 간 서로 몸이 스치며 휩쓸리게 되는 상황들을 생각하게 된다. 이를 묘사하는 새로운 단어가 필요하다. 한 인간이 수천의 다른 인간과 만나 군중이 되던 장소들에 대한 그리움을 표현하는 단어.

○

잠들기 전 보게 된 두 이미지. 첫 번째는 테두리가 시커메 진 5만 원짜리 지폐 50여 장. 한 남자가 바이러스를 없애겠 다고 지폐를 전자레인지에 돌렸고 돈에는 불이 붙기 시작했 다. 도대체 몇 초면 바이러스가 제거될 거라고 생각했을까? 20초? 30초? 1분? 한국은행은 돈을 전자레인지에 넣는 건 소독 효과가 불분명하다고 대응했다. 두 번째는 콧등과 이 마에 일회용 반창고를 붙이고 카메라를 바라보는 대구 간호 사들의 정면 사진을 모아놓은 이미지. 하도 오랜 시간 동안 고글과 마스크를 쓰고 있어 얼굴에 쓸린 상처가 남았다. 음 압 병동에서 일하는 의료진은 잠수복이나 우주복 같은 옷을 입고 있어서 수신호로 소통한다. 이들의 폐가 풀무질하는 소리, 묵직하게 내뱉는 숨소리가 들려온다.

○

바이러스도 신도 우리 눈에는 보이지 않는다.

○

　신천지 신도였던 두 명의 여성이 목숨을 끊었다. 두 명 모두 자택에서 투신해 숨졌다. 평소 종교 문제로 남편과 자주 싸웠다고 했다. 31번 확진자는 어디에 있을까? 지금쯤이면 병원에서 퇴원했을 텐데. 어째서, 20만 명 중 어째서 하필이면 자신이냐고, 매일 거울 앞에서 묻고 있을지도 모르겠다.

○

안도의 한숨은 어제뿐이었다. 딱 하루를 견딜 만큼의 숨. 바이러스가 서울에 상륙했다. 지금까지는 하루 한두 건에 불과했다. 2500만 명에 가까운 사람들이 수도권에서 산다고 생각해보면 그나마 안심이 되는 숫자였다. 그러나 집단감염이 발생했다. 거대한 빌딩의 고층, 약 800명이 근무하고 있는 콜센터에서 확진자가 나왔다. 수도권의 다른 도시들로 가는 주요 환승역인 신도림역이 그 근처에 있다. 신도림역에서 길을 잃는다는 표현은 비유가 아니다. 나도 길을 잃은 적이 있다. 통로들의 미로에 갇혀서, 파도처럼 오가는 보행자들 사이에서 최면에 걸린 듯 서 있다가 정신이 번쩍 들어 안내 부스를 찾았다. 패닉에 빠졌다. 신천지의 얼룩은 아직 지워지지 않았지만, 더는 비난할 수 없다. 131명의 새로운 확진자 중 신천지 관련자는 손에 꼽을 정도다. 한국의 사무실에선 말을 하는 사람들이 거의 없다. 교회 같은 조용함이 있다. 그런데 콜센터는 정반대다. 바이러스가 퍼지기에 이보다 더 좋은 환경은 없다. 마스크를 쓰지 않고 쉴 새 없이 통화하는 동안, 좁디좁은 데스크와 데스크 사이를 천천히 돌아다니는 침방울들. 자본주의라는 예배당이 만들어낸 완벽한 속임수다.

○

우한시가 봉쇄된 후 한 달 반이 지났고, 공식적으로 팬데
믹이 선언되었다. 이탈리아와 스페인 정부는 봉쇄령을 내
렸다. 전염병이 일어나게 되었을 때만 허용되는 한국 정부
의 추적 시스템, 즉 감염 가능성을 가진 사람들의 신용카드
사용 기록을 추적하거나 CCTV를 활용해서 위치를 추적하
는 것이 사생활 보호를 침해한다는 논란이 있다. 총포상이
나 마약 매매상, 핵물질 밀수업자나 할 소리다. 대부분 인간
은 자신의 사소한 인생 속에서 밝히고 싶지 않은 부분을 감
추고 있다. 한심하게 찍은 자기 알몸 사진이라든지, 친구의
험담, 어머니와 아버지를 혐오하거나 직장 상사를 경멸하는
감정처럼 이해할 수 있는 것들이다. 질병 관리 전문가들은
관심도 없고 알고 싶어 하지도 않을 것들 말이다. 매우 낮은
확률로 바이러스에 걸리게 되면, 그때서야 주위에서 질문들
을 받게 될지도 모른다. "당뇨 있는 걸 알면서, 아이스크림
은 왜 드신 거예요? 단 걸 드시면 안 되죠!" "카지노는 언제
부터 출입한 거야?" "사무실에 있어야 할 평일 오후에 호텔
에서 두 시간 동안 있었다고?" 이게 아니면 몇 주 아니 몇 달
동안 집에 갇혀서, 집 밖으로 한 걸음이라도 떼게 될 시 순

찰하던 경찰이 나타나 벌금을 매기거나 이웃이 신고를 해버려 서로 더는 믿지 못하는 상황을 겪게 될지 모르는데, 이 상황이 훨씬 더 나쁜 것일 수도 있지 않나? 한국은 1945년 일본으로부터 독립하자마자 미군정하에서 서울과 인천을 중심으로 야간 통행금지가 내려졌다. 1955년에는 전국으로 확대되어 1982년까지 36년 동안 자정부터 새벽 네 시 사이에는 아무도 거리를 돌아다닐 수 없었다. 누군가의 명령으로 집에서 나오지 못하는 상황은 이제 받아들여지지 않는다. 자유의지로 격리를 선택하는 게 이치에 맞다.

○

책상 위에 'The Human Mind'라고 적힌 작은 싸구려 흉상이 있다. 몇 달 전 바닥에 떨어져 오른쪽 전두엽 부분이 깨졌다. 부서진 조각들을 붙이지 않고 한쪽에 모아두었다. 메멘토 모리Memento Mori 대신 메멘토 코기타레Memento Cogitare 다. '죽는다는 것을 기억하라' 대신 '생각한다는 것을 기억하라'. 중세, 특히 흑사병이 창궐했던 시기에 수많은 그림에 그려져 있던 해골 그림과 함께 쓰여 있던 말이다. 메멘토 모리.

○

　서울 콜센터에서 발생한 확진자의 이야기가 나오고 있다. 그에게는 두 개의 직업이 있었다. 오전 일찍 녹즙을 배달했고 그다음 콜센터에 출근하여 매일 여덟 시간 동안 쏟아지는 고객의 불만을 접수하며 하루 할당량을 채웠다. 금요일 오후, 퇴근을 하고서 집에 바로 들어가지 않았다. 다이소에 들러 샤워캡을 사고 길거리 포장마차에서 저녁으로 떡볶이를 사 먹었다. 기사 아래엔 댓글이 있었다. "처음에는 확진자가 가난하고 안타까운 삶을 살고 있다고 생각했다. 그런데 생각해보니 나도 퇴근길에 똑같은 동선을 밟은 적이 있었다. 저 분이나 나나 비슷한 삶을 살고 있는 것이었다."

○

1992년, 제임스 그레이엄 밸러드는 단편 (우리에게도 일어난 '난장 소동'의 수호성인을 다시 소환한다) 〈가상 죽음을 위한 안내서A Guide to Virtual Death〉를 발표한다. 우리를 노예로 삼을 우주 저 먼 곳의 생명체도, 로봇 군단도 믿지 않았던 그는 이 단편소설에서 인류가 지구에서 사라지기 겨우 몇 시간 전인, 1999년 12월 23일 자 TV 채널의 시간별 편성표와 그 설명을 예리하게 적어놓았다. 텔레비전 프로그램의 시간과 제목, 그 설명을 통해 이 세상의 파국이 어디에서 출발했는지 보여주는 실마리를 찾을 수 있다.

오전 시간

06:00 포르노-디스코. 디스코 비트에 맞춘 하드코어 섹스 이미지와 함께 기상하세요.

07:00 뉴스 예보. 호텔 안뜰과 쇼핑몰, 그리고 기업 단지 내의 미세 기후를 알려드립니다. 오후에는 크리스마스 특집으로 힐튼 인터내셔널이 눈보라를 만들어드립니다.

07:15 뉴스 라운드-업. 사소한 전쟁, 인공 지진, 빈곤

지역 둘러보기와 기부하기까지! 우리의 뉴스 메이커들이 여러분을 위해 준비한 소식을 만나보세요.

새벽 시간

22:00 크라임-와치. TV 강도단이 쳐들어갈 오늘의 집은 바로 당신의 집!

23:00 오늘의 스페셜. 텔레-오르가즘. 가상현실 TV 쇼가 당신을 오르가즘으로 인도합니다. 세계 최고의 스타와 섹스를 즐기세요! 오늘의 스타는 마릴린 먼로, 마돈나, 워렌 비티, 그리고 톰 크루즈. 프리미엄 구독자들을 위한 특별 편성: 성전환자, 소아성애자, 말기 매독 환자, 집단 강간, 수간 (저먼 셰퍼트와 골든 리트리버 중 선택 가능)

01:00 뉴스플래시. 오늘의 비행기 폭발 하이라이트

02:00 종교의 시간. 당신이 사망한 뒤에는? 목사들과 신경학자들이 당신이 사망하는 순간을 재현해드립니다.

○

젠장. 저녁 시간에 들린 말이다. 수정이 퇴근하고 집으로 돌아와 현관의 우편함에 마스크를 두었다. 나는 버터 소스 스파게티를 만들었다. 공을 들여서 만들어야 하는 레시피인데 지금 내 머릿속에 들어오지 않는다. 젠장. 휴대전화에 재난 문자가 또 하나 도착했다. 내 휴대전화는 멀리 있다. 무슨 일이야? 수정에게 묻는다. 대답을 듣기까지 시간이 걸린다. 쥐고 있던 포크를 놓고 다시 묻는다. 무슨 일이야? 수정이 보여준 문자에 지하철로 한 정거장이면 도착하는 옆 동네의 이름이 떴다. 한남동. 링크를 따라 들어가니 용산구청의 블로그 페이지가 뜬다. 곧바로 읽어본다. 30대 폴란드인. 이틀 전 폴란드에서 한국에 입국하였고 확진자로 판명되었다. 그가 방문했던 곳들을 살펴보니 아는 곳들이 꽤 있다. 그중, 중국 만두 전문점은 집에서 5분 거리에 있다. 일주일에 몇 번씩 혼자 식사하러 가는 곳이다. 그가 방문했던 피자집에는 한 달 전에 나도 갔었다. 폴란드인은 우리 집 바로 뒤에 있는 ATM에서 돈을 뽑았다. 마치 누군가 우리 주변에 분필로 원을 그리며 표시해가는 느낌이다. 세바스티안에게 이 이야기를 전했다. 나처럼 콜롬비아 출신으로 같은 동네에서 살고 있는 대학교수 친구이다. 이 친구도 개강이 미루어진 후 집에서 거의 나오지 않는다. 젠장. 지난 토요일 그 중국 만두 가게에 갔었다고 한다. 안절부절못하는 세바스티안을 진정시킨다. 그 폴란드인은 이번 주 화요일에 갔었대. 어쨌건 간에 튀어나온다. 젠장.

○

커피 한 잔을 손에 들고 창밖을 하염없이 바라보는 사람, 그게 나다. 오늘 주방 창 너머로 보이는 풍경은, 마스크를 쓰고 유니폼을 입은 두 남자가 이웃집의 쓰레기를 수거하는 장면이다. 걱정스러운 시선으로 서로 쳐다보다가 방역팀에 전화하는 말소리가 아닌, 웃는 소리가 들렸다. 나도 안심한다.

○

전염병이 창궐하면, 군대를 이끄는 장군이나 공상과학
이야기를 쓰는 소설가나 모두 무용지물이라는 게 증명되었
다. 지금 시점에서 미래에 대해 구상해야 하는 소설가만큼
서글픈 예도 있을까. 미래에 대한 모든 확신에 구멍을 뚫어
버리기 시작한 바이러스에 대해 어떻게 생각하지 않을 수
있으며, 어떻게 버티지 않을 수 있을까. 조만간 흰개미가 다
리를 갉아먹어버린 탁자처럼 와르르 무너지게 될지도 모르
는데. 어떤 사람들은 이제 우리의 삶이 예전과 같지 않을 거
라고 한다. 이상한 문장이다. 삶은 원래 시시각각 변하는 건
데. 하지만 지금은 그렇게 느껴진다. 어떤 것의 끝이자 또
다른 것의 시작. 어쩌면 지금이 바로 21세기의 진짜 시작점
일지도 모르겠다. 지난 10년은 아직 20세기에 머물러 있었
다. 여전히 전쟁이 있었고, 미국에서 쌍둥이 빌딩이 무너지
면서 무기산업의 황금시대가 왔다. 이번에는 다르다. '적'
이라는 미끼는 더 이상 유효하지 않다. 공산주의자 다음에
는 마약 밀수단, 그다음에는 이슬람 테러리스트였다. 그런
데 이번에 나타난 건 완벽하게 숨었다. 우리 안에서, 존재하
기도 하고 존재하지 않기도 한다. 바이러스 그림이 그려진

'현상 수배' 포스터를 만들어 신고 보상금을 걸어놓지도 못한다. 불길에 타오르는 고층 건물의 이미지를 파는 건 쉬운 일이었다. 모든 이가 텔레비전을 통해 생방송으로 볼 수 있었으니까. 지금은 그 심각성에 비해 이전과는 조금도 비슷한 구석이 없다. 조르조 데 키리코Giorgio de Chirico의 그림처럼 텅 빈 광장들과 에드워드 호퍼Edward Hopper의 그림처럼 창밖을 바라보는 사람들로는, 군중을 움직일 수 없다. 영화〈코야니스카치Koyaanisqatsi〉의 장면들과는 정반대로, 드론이 하늘에서 찍은 고속도로로엔 차가 한 대도 보이지 않고, 달리는 지하철에도 사람은 없다. 실망스럽게도, 플라스틱 비닐과 테이프로 밀봉되어 상자에 들어가 옮겨지는 시체의 이미지조차 보이지 않는다.

중세 시대는 흑사병을 통해 신에 대한 다른 관점을 갖게 했다. 처음으로 신이라는 존재에 의심을 품게 했다. 새롭게 나타난 이 바이러스는, 우리에게 무엇을 바라고 있는 것일까?

○

돈이 많은 대형 교회들이 신도들을 위해 스트리밍 예배 서비스를 시작했다. 생각해보면 딱히 이상할 일도 아니긴 하다. 사이버 강의가 있기 전에도 텔레비전 화상 강의는 있었고, 케이블 채널을 통해 예배나 미사도 방송되었다. 일요일 아침, 가톨릭 신부가 카메라 앞에서 예수의 몸과 피를 높이 들면 나는 그 프로그램 뒤로 줄줄이 방영될 동물 만화영화들을 이어 볼 시간을 기다리며 안달하곤 했다. 신천지 사태에도 불구하고 작은 교회들은 일요일마다 여전히 모임을 갖고 있다는 이야기를 들었다. 십일조 없이는 교회가 유지되지 않기 때문일 테다. 문을 열지 않으면 먹을거리도 없다. 신앙이라는 공장도 멈출 수 없다. 신이란 밑 빠진 독이다. 서울 동남쪽 도시의 한 교회는 지난주 평소와 같이 예배를 진행했다. 입구에서 목사의 부인이 소독하지 않은 일반 분무기에 소금물을 넣어 입장하는 신도들의 입에 분사했다. 예수에게서 승인받은 방역법이었다. 놀랍고도 무섭게도, 이 교회에서 콜센터 이후 가장 큰 집단감염 사례가 발생했다. 목사와 목사의 부인을 포함한 40명이 확진 판정을 받은 것이다.

○

　설거지를 하는 동안 나도 모르게 폴란드인을 욕하고 있다. 우리 동네 길거리에까지 전염병과 긴장감을 끌고 들어왔다. 외국인 혐오라는 역겨운 상황까지도. 곧바로, 왠지 부끄러운 기분이 들었다.

○

일요일이다. 일요일. 그뿐이다.

○

　날씨가 맑다. 산책하기 위해 나왔다. 오후의 햇볕은 사람
대신 (길에 사람이 없다) 건물을 비춘다. 긴 불면증의 밤이 지
나고 발이 거리에 닿는 순간의 그 떨림, 세상 모든 것이 뿜
는 아주 미묘한 그 떨림의 감각을 느낀다. 그 상태에서, 예
전에 우연히 꿩을 발견했던 순간을 기대하며 길거리를 조금
걸어 다니다가 새로 문을 연 서점을 하나 발견했다. 펭귄 출
판사의 문고판만을 취급하는 곳이다. 안으로 들어간다. 수
백 권의 고전 문고판으로 가득하다. 마스크를 벗고, 조금 흥
분하여 책장을 둘러본다. 가운데 진열대에 놓인 첫 책은 바
로 알베르 카뮈의 《페스트》다. 두 번째, 세 번째도 아니고 제
일 앞에 놓인 첫 책. 바로 구매한다. 사실, 그 책을 시작으로
열네 권을 더 샀다. 레이먼드 챈들러의 《깊은 잠》과 셔우드
앤더슨의 《와인즈버그, 오하이오》도 여기에 포함되어 있다.
셔우스 앤더슨의 책은 영어로, 스페인어로, 몇 번이나 내 손
에 들렸었지만 한 번도 샀던 적이 없다. 우리는 언젠가 만날
운명이며, 그게 바로 오늘이었던 것이다. 이렇게나 묘한 상
황에서 말이다. 돈을 내고 서점을 나서려는데, 60대쯤 되어
보이는 한국인 주인이 영국식 억양의 영어로 웃으며 말했

다. "Don't get killed." 마스크 쓰는 걸 잊지 말라는, 매우 런 던 사람 같은 농담조다. 집에 오는 길, 한 부랑자와 함께 길 을 건너게 되었다. 웃고 있는 사람을 본 게 참 오랜만이다. 햇볕이 그 얼굴을 비추었다. 그의 시대가 도래하였구나, 라 고 생각한다. 한밤의 거리뿐만이 아니라 대낮의 거리까지, 이제 모조리 부랑자의 것이다. 추위와 더위 속에서 지낸 몇 달의 야외 생활과, 쓰레기통에서 건져낸 음식들, 바람에 스 치며 치유된 상처들 덕분에 튼튼해진 그의 면역 시스템은 그에게 승리를 가져다줄 것이다. 꼭 그렇게 되길 바란다.

○

잠자리에 들려는데 목이 조금 불편하다. 서점에서 옛날 책을 뒤적였을 때 날리던 먼지 때문이겠지.

○

잠에서 깼는데 여전히 목이 불편하다. 오전에 일할 때도 불편함은 여전히 남아 있었다. 그렇다고 해서 아픈 것 같지는 않다. 식사 준비를 하면서 양파를 써는 동안, 갑자기 독감이 오기 직전의 기운이 몸에 느껴지기 시작했다. 돌연한 공포감이 나를 뒤흔든다. 병원, 복도, 간호사의 이미지가 떠오른다. 물을 마신다. 소금물을 마셔보고 싶어졌다. 오후가 되니 토끼 한 마리가 가슴 위에서 잠들어 있는 것 같은 기분이 든다. 답답함을 느끼며 소파에 누웠다. 불길한 생각을 떨쳐버리기 위해 휴대전화를 살펴본다. 아내에게 상태를 이야기하지 않는다. 밤이 되어 잠을 자다가 몇 번이고 깼다. 목은 여전히 불편하고, 토끼도 여전히 가슴 위에 있다.

○

　며칠 전, 택배 회사에서 일하던 40대 남자가 사망했다는
기사를 읽었다. 그가 다니던 회사는 새벽 배송으로 유명했
다. 자정 전까지 물건을 주문하면 다음 날 아침에 물건이 문
앞에 배달되는 서비스다. 고인은 한 건물의 계단에서 쓰러
진 채 발견되었다. 물론, 그가 다녔던 모든 건물에 엘리베이
터가 있었으리란 법은 없다. 혹시 모를 격리에 대비한 생필
품들과 쌀 포대, 생수 묶음, 텔레비전 모니터 등을 배달하기
위해 4층, 5층 계단을 오른다. 보통 하루에 100군데 정도를
가는데 코로나19 사태가 시작되고선 일이 눈에 띄게 늘어났
다. 수정에게 이제는 인터넷으로 장을 보지 말자고, 다시 밖
에 나가서 직접 장을 보겠다고 말했다. 저녁 식사에 몇 가지
재료가 빠진 게 있길래, 내가 한 말도 지킬 겸 슈퍼마켓으로
갔다. 폴란드인이 들렀다던 중국 만두 가게 앞을 지났다. 중
세 흑사병이 돌던 시절 문에 십자가를 붉고 커다랗게 그려
두었던 것처럼, 가게 문에는 커다란 포스터가 붙어 있었다.
방역이 완료되었다는 공지였다. 하지만 앞으로도 며칠간 가
게의 문은 계속 닫혀 있을 예정이다.

○

벌써 6년째, 이 집으로 이사 온 후 매일 아침 들리는 소리가 있다. "할머니, 다녀올게요!" 진심 가득한 희망이 담겨 있는 말이다. 한 번도 마지못해 한다거나 건성으로 느껴진 적이 없다. 그런데 요즘 들어 이 소리에서 특별한 여운을 느낀다. 옆집 2층에 살고 있는 젊은 손녀가 매일 현관을 나와 대문으로 향한 바깥 계단을 내려가며 1층에 사는 할머니에게 하는 인사다. "할머니, 다녀올게요!" 창문을 열고 머리를 내밀어 나도 소리치고 싶다. "잘 다녀와! 늦지 말고!"

○

　밤 12시, 다시 잠에서 깼다. 바이러스가 싫다. 바이러스가 싫다. 바이러스가 싫다.

○

　서울에서 집단감염 사례가 간헐적으로 발생하고 있다. 때로는 적고 때로는 확진자가 많은데, 어떤 경우든 화재가 진압되듯 잘 통제되고 있다. 어쩌면 방역팀과 보건 공무원들이 소방관처럼 되는 날이 올 수도 있겠다. 동네마다 통제 센터가 하나씩 있어서, 한밤에 전화가 오면 사이렌을 울리며 도착해 확진자를 격리시킨다. 그 후에는 보험회사의 조사원들이 방문한다. 부디 방화범처럼 일부러 전염을 퍼트리는 인간은 나오질 않기를.

○

    자료가 좀 필요하기도 하고, 다음 주에 시작될 온라인 강의 전에 학생들과 상의할 게 있어 문학번역원에 갔다. 올해 두 번째로 강을 건너는 건데, 안드레이 타르콥스키 감독의 영화 〈스토커Сталкер〉에 등장하는 비밀 지역인 '구역The Zone'에 들어가기 위해 내가 살던 도시를 떠나는 기분이다. 이 '구역'에는 붕괴된 건물과 물웅덩이 대신 사람이 많이 다니지 않는, 서울에서 가장 부유한 동네가 나타난다. 그림자가 없는 세상, 그곳에 도착했다. 내부가 텅 빈 초고층 건물들을 상상하자 고소공포증 비슷한 것이 느껴진다. 버스에서 내려 왕복 12차선 도로를 건너기 시작한다. 다니는 차들이 거의 없다. 중간쯤 건너다가 멈추어서 처음으로 화성에 도착한 탐사대처럼 주변을 둘러본다.

    문학번역원 입구에는 탁자가 하나 있었다. 그 위에는 손소독제와 디지털 온도계, 문진표가 보였다. 독일인 교수가 펜을 들고서 뒤를 돌아보았다. 개강식이나 종강식에서 마주친 적이 있지만 한 번도 말은 섞어본 적이 없는 사람이다. 마스크 위로 보이는 눈은 묘하게 반짝거렸다. 혐오와 비난, 신경질이 섞인 눈빛이었다. 아차. 거리 두기를 잊었다. 나와 그 사이 간격이 1미터가 안 된다. 나는 창피해서 건물 밖으로 나와버렸다. 다시 건물로 들어가 체온을 쟀다. 집에서는 체온을 재기가 싫었다. 부디 37.5도를 넘기지 않기를. 오른쪽 관자놀이를 건드리지 않고 조금 떨어져 체온계를 갖다 댔다. 결과는 36.2도. 스스로에게 공식적으로 선언한다. 열도 없고 기침도 없음. 아직 숨을 쉴 때 조금 이상한 기분이 들기는 한다. 문진표에 사인하는 동안 지금 거짓말을 하는 건 아닐까 하는 두려움이 일었다.

강의실에 들어가서도 마스크를 벗지 않고 대화를 나누었다. 수강 일정과 자료를 학생들과 함께 정한 다음, 지난 몇 주간 어떻게 지냈는지 한 명 한 명 물어보았다. 맞다. 나는 남 일을 궁금해하는 선생이다. H의 아들은 한 달 전에 고등학교 입학식에 갔어야 했다. 등교 첫날의 긴장감과 새로운 친구들과 새로운 선생님, 중학교 시절이 끝난 데 대한 섭섭한 눈물, 새 학교로 향하는 새로운 노선의 버스. 이 모든 게 공중에서 멈추어버렸다. 스페인에서 돌아오지 못하고 있는 두 명의 스페인 학생들에 대해서 이야기를 나누었다. 한국에 다시 돌아온다고 하더라도 현재 상태로는 입국자들이 확진된 경우가 자꾸 늘어나고 있어서 얼마간 강제로 격리되어 있어야 할 것이다.

번역원에서 나와, 외출한 김에 영화나 보자고 아내에게 연락한다. 사는 게 이런 식으로 변하고 있다. 일주일 동안 하던 일들을 하루에 몰아서 하기. 베갯속을 채우듯이 말이다. 알았어. 수정이 대답한다. 지하철을 탔는데 마침 퇴근 시간이다. 조금 붐빈다. 마스크를 쓴 사람들이 양옆에 거의 붙어 있다시피 하다. 아까와는 다른 이유로, 뱃속이 울렁거린다. 영화관이 붙어 있는 백화점과 쇼핑몰의 지하도 평소와는 다르다. 보통, 저녁 6시가 되면 백화점 푸드 코너에서 조리된 음식을 사다가 집에 가져가려는 퇴근길 직장인들로 바글거린다. 오늘, 식당들은 다 열려 있지만 그 안에 손님은 거의 없다. 가장 최근에 정부에서 내린 권고 지침을 따르려고 노력해본다. 2미터 간격 지키기. 사회적 거리두기는 꼭 지켜야 한다고 어디를 가든 이야기한다. 걷는 법을 잊어버리는 게 쉬운 일이라는 듯.

영화관에서 티켓은 기계를 통해 구매한다. 수정이 흠칫 놀라며 좌석을 선택하는 화면을 가리킨다. 우리가 제일 좋아하는 자리를 누가 먼저 선택해버린 게 아니라, 자리가 아예 없어져버렸다. 영화관에서 관객들이 서로 가까이 앉지 않도록 하기 위해서 특정 열이나 좌석을 선택하지 못하게 만들어버렸다. 300명 정도가 들어가는 상영관에는 우리를 포함해 20명 정도의 사람들이 있다. 모르는 사람의 팔꿈치를 건드릴 염려가 없어졌다. 교회의 모습과는 반대로, 우리는 서로 너무 멀리 떨어져 있다. 지금부터 두 시간 동안 현실을 잊는 무한한 즐거움이 시작된다.

◯

자칭 오피니언 리더들이 고객들을 잃지 않기 위해 슬슬 의견 기계를 작동시킬 때가 왔다. 입을 열기들 전에, 예전에도 여러 번 인용되었을 법한 발터 베냐민과 그의 말을 상기해봐야 할 것이다.

의견이란 사회적 삶을 위한 거대한 도구로, 기계를 위해 기름이 하는 것과 같은 기능을 한다. 어느 누구도 터빈에 올라가 그 위에서 기름을 쏟아부어버리는 짓은 하지 않는다. 숨겨진 축과 이음새를 알아내어 조금씩 기름칠을 할 뿐이다.

○

　공적 마스크를 구매하는 줄에 처음으로 합류했다. 한 달
전 대구에서 찍었다는 사진은 마치 사람들로 꼬리 없는 뱀
을 만들어놓은 것 같다. 오늘 이 약국 앞에는 20명 정도가
줄을 서 있고 외국인은 나 혼자뿐이다. 순서가 빠르게 지나
가, 15분가량 기다렸더니 벌써 내 차례다. 신분증을 보여주
자 내 외국인등록번호가 건강보험 시스템에 등록되어 있는
지 확인하고 여기에 오기 전 다른 약국에서 마스크를 구매
한 이력이 있는지 조회한다. 옆에 있던 다른 약사가 나에게
건네준 두 장의 마스크에는 'Made in Korea'와 'K94'가 적혀
있다. 이게 권장하는 필터가 들어 있는 모델이라나. 어떤 사
람은 집에서 직접 마스크를 만들어 쓰기도 한다. 또 어떤 사
람은 아예 여러 장을 따로 제작해서 건강보험 혜택을 받지
못하는 외국인들에게 나누어줬다는 이야기도 있다. 이 사태
가 시작되었을 때 불법으로 체류하는 외국인도 증상이 있다
면 체포나 추방될 걱정은 하지 말고 병원에 와서 검사를 받
으라고 했다. 오후에 집 밖으로 다시 나갈 때, 현관에서 아
까 산 마스크를 썼다. 새로 산 마스크의 냄새, 이것이 바로
미래의 냄새다.

○

스페인에 있는 친구에게 이번에는 내가 메시지를 보낸다.

- 거기, 다 괜찮은 거야?

○

코로나19로 인한 초기 사망자의 다수는 청도의 병원에서
나왔다고 한다. 어쩌면 그 환자들은 자신에게 증상이나 열
이 있어도 제대로 표현하지 못하는 상태였을 수도 있지 않을
까? 혹은 자신이 기침을 하고 있다는 사실조차 믿지 않고 있
었을지도. 도망치거나 자해하지 않도록 굳게 닫힌 문과 창문
이 설치된 그 정신 병동에서 대부분의 환자들은 수년을 입원
해 있었다. 이제 가슴 위의 토끼는 없어졌다. 하지만 끝에 관
해서, 그리고 지난 몇 년간 일어난 일들에 관한 생각을 멈출
수가 없다. 수녀 후아나 이네스 데 라 크루스, 화가 얀 페르
메이르, 점자 창시자 루이 브라유, 음악가 장고 라인하르트,
그리고 배우 내털리 우드. 이들은 모두 43세에 사망했다.

◯

　텅 빈 광장에선 누가 비둘기에게 모이를 줄까? 쌀알을 주기 위해 격리 따위는 비웃어버릴 사람이 혹시라도 있지 않을까? 1985년 11월, 보고타 볼리바르 광장에서 비둘기에게 모이를 주던 그 남자처럼 말이다. 그날, 법무부와 군대를 점령한 게릴라의 대장이 이 남자의 겨우 몇 미터 옆에서 탱크로 전진하던 중이었다. 유튜브에서 그 장면을 다시 찾아보았다. 적십자 단원들이 인질들을 구출하고 여기저기에서 총소리가 울리는 가운데, 저 남자는 아무 일도 없다는 듯 비둘기 떼에게 모이를 주고 있었다. 검은 양복에 나비넥타이를 매고 있었는데, 아마도 근처 오래된 식당의 종업원인 듯했다. 불길에 싸인 세상은 혼미하고도 아름다웠다.

3부

○

해인과 해인의 남자 친구 용우를 만나 점심 식사를 했다. 용우는 대구에 사는데 오늘 아침에 해인을 만나러 서울에 왔다. 아주 잠깐 질투가 났다. 기차를 타고 창 너머로 보이는 논과 다리와 호수와 산들과 그 사이사이의 도로들을 가로지르며 수백 킬로미터를 달려왔다니. 우리는 겨우 동네 안에서 왔다 갔다 할 뿐이다. 서울이라는 거대한 도시의 한가운데 있는 동네지만, 요즘엔 아무도 이곳에 오려고 하지 않는 듯하다. 다른 사람들과 점심 식사를 하는 게 근 몇 달 만이다. 식당에는 우리 넷 외에는 아무도 없어 주인은 우리를 접대하는 데 온 신경을 다한다. 커다란 장어를 조각으로 잘라 테이블 위의 숯불판에 구워준다. 다 구워지면 장어를 되직한 소스에 찍어서 다시 불판에 살짝 올려 겉면이 바삭해지도록 만든다. 장어 조각 위에, 절여서 잘게 썬 생강을 왕관처럼 올린 다음 입으로 가져간다. 함께 식사한다는 것은 엄청난 기적이다.

용우는 지난해 대학을 졸업하고 대기업의 마케팅 부서에서 일하고 있다. 하지만 커피를 마시기 위해 잠시 쉴 때도 거의 아무도 마주치지 않고 엘리베이터에서 상사를 마주쳐도 딱히 인사를 하지 않아도 된다. 퇴근하고 나면 곧바로 집에 들어가라는 지시를 받았다. 바이러스가 지배하는 시대에는, 용우처럼 혼자 사는 사람일수록 타인과의 접촉은 거의 없다고 봐야 한다. 한국에선 1인 가구 수가 전체 가구의 3분의 1에 가까워지고 있다. 약 600만 가구 정도다. 이미 예전부터 건설사들은 1인 가구를 위한 아파트 단지를 만들어내기 시작했다. 바로 오피스텔이다. 나도 본 적이 있다. 컴퓨터 모니터 바로 앞에서 혼자 식사하는 사람들을 덮어 가린, 효율성이 극대화된 건물들. 멀리 움직일 필요 없이 근처에서 살고 근처에서 일하며 딱히 집 상태에 신경 쓰지 않도록 시설이 컴퓨터화된 건물들. 오피스텔은 대부분 주민들이 필요한 것들을 가까이에서 구할 수 있도록 아래층에 상가를 두고 있기도 하다. 미용실, 피자집, 편의점, 빵집. 이렇게 생활에 필요한 대부분을 한 건물에서 해결하는 라이프스타일은 바이러스 사태가 터지기 전에 이미 정착되어 있었으므로 새로운 것은 아니다. 용우에겐 그래도 해인이 있다. 하지만 주변에 아무도 없는 사람들은 상담 전화로 도움을 구한다. 코로나19로 인해, 일주일 전부터 무료로 심리 상담을 받을 수 있다. 한 번에 30분이 소요되고 최대 세 번 이용할 수 있다. 외로움도 집단적이다. 전문적인 심리 상담사가 이야기를 들어주는 자원봉사를 맡는다. 모니터도 아니고, 자판도 아니고, 한 사람의 목소리에 집중하는 것. 가장 훌륭한 치료법이다.

용우에게 대구는 어떤지 물어보았다. 서울에서 사는 것과 꽤 다를 것이라는 건 안다. 바이러스로 인한 충격이 가장 크고 직접적으로 느껴지는 곳일 테니까. 자기 회사는 조금 예외라고, 대구는 사실 사무실에 다니는 직장인들보다 육체노동자가 더 많은 곳이라고, 용우가 말했다. 재택근무는 비현실적인 거예요. 스마트폰과 반도체 조립 공장 중 일부가 문을 닫았으나 일시적인 조치에 불과했다. 용우는 휴대전화로 매일 긴급 메시지를 받는다. 하지만 우리가 받는 메시지와는 내용이 다르다. 조금 더 구체적인 정보가 포함되어 있다. 자상한 아버지가 하듯, 회사는 자기가 거느리고 있는 수천 명의 아들을 걱정한다. 충성심으로 보상받을 수 있는, 백지수표를 선물한다.

○

슈퍼마켓에서도 모두가 마스크를 쓰고 있다. 한 무슬림 남자와 그의 딸을 제외하고는. 그가 이슬람교도인 걸 알아본 것은, 아내로 보이는 사람이 장바구니를 들고 그의 뒤를 따라 걷고 있었기 때문인데, 머리부터 발끝까지 니캅niqab을 쓰고 있었다. 이슬람교 복장 중에서도 극단적인 복식이다. 온몸이 가려져 있고 눈 부분만 뚫려 있는데, 오렌지와 오이를 고르는 손에도 장갑을 끼고 있었다. 저 여자와 그녀의 삶에 대해 생각한다. 요즘 같은 삶을 익숙하게 받아들이는 유일한 사람일 수도. 태어났을 때부터 아무도 자신의 얼굴 전체를 본 적이 없고 항상 사회적 거리두기를 하는 삶을 살고 있으니.

○

　나도 모르는 사이, 수정이 깨진 흉상 조각을 붙여놓았다. 나의 'The Human Mind'는 이제 거의 다 붙어서 균열이 난 자국만 보인다. 미처 붙이지 못한 오른쪽 전두엽 부분에 작은 구멍만 남았을 뿐, 이제 거의 원상태로 돌아왔다고 볼 수 있다. 즉, 나도 내 머릿속에서 부서진 조각들을 맞출 때가 왔다는 것을 알라는 말이다. 살얼음 위를 걷는 짓은 그만두어야 한다. 단순히 머리가 아팠기 때문에, 목이 불편했고 이틀 정도 폐가 납작해진 기분이 들었기 때문에 코로나19를 의심하는 생각을 떨쳐야 한다.

○

화석 정도로만 취급되던 문학 소설들이 갑자기 따끈따
끈 갓 구워진 빵 대접을 받으며 다시 회자되고 있다. 죽은
자들에게서 답을 찾으려는 것이다. 문학은 (금이 아니다) 그
당시에 일어나고 있는 모든 것을 저장해둔다. 회자되는 소
설 중에 일부는 다음과 같다. 조반니 보카치오의 《데카메론
Decameron》, 토마스 만의 《베니스에서의 죽음Der Tod in Venedig》,
알레산드로 만초니의 《약혼자들I Promessi Sposi》이며 이들 모두
이탈리아를 배경으로 한다. 그러다가 아주 어렸을 때 읽었
던, 이탈리아에 관한 책을 기억해낸다. 제수알도 부팔리노의
《전염병 전파자의 잡다한 이야기Diceria dell'untore》. 책은 지금
콜롬비아 집에 있지만, 첫 페이지를 인터넷에서 찾을 수 있
었다. 제수알도 부팔리노 작가님, 이제 말씀을 시작하시죠.

타국의 한 왕이 나의 갈비뼈 아래를 찾아와 살기 시작
했다. 이 익명의 미노타우로스에게 매일매일 나의 삶을
1파운드씩 조공으로 바친다. 시선과 적응이라는 선명한
능력을 지닌 나의 마음가짐으로, 저 나쁜 것을 선택한
게 바로 나 자신이라고 되뇌며 노력해보지만 소용이 없

144

다. 다른 것들을 더럽게 만드는 피를 나의 피로 자랑스럽게 씻어버린다거나, 모든 사람을 대신해 나 자신을 희생하여 세상의 무질서함을 치유하기 위함이라는 말도.

○

헬스클럽과 나이트클럽이 문을 닫기 시작했다. 일단은 2주
동안 휴업할 예정이라고 한다. 교회들도 온라인으로 예배를
보라는 행정명령이 내려졌다. 종교의 박해라는 문제와 엮여
있으므로 강제로 닫게 할 수는 없을 테지만, 방역 지침을 지
키지 않을 경우 벌금을 내야 한다. 프랑스, 인도, 미국에서
도 극단적인 종교 집회는 문제가 되었는데, 대부분 바이러
스를 키웠거나 그 심각성을 무시하여 사람들 사이에 혼돈을
야기했기 때문이다. 이스라엘 텔아비브 근교에 사는 일부
의 유대교 극단주의자들은 코로나19를 예방하기 위해 마차
Matzah를 먹으라고 한다. 이스트가 첨가되지 않은 빵으로 유
대교의 명절인 유월절에 먹는 빵이다. 유명한 가문이 모여
있는 이 마을의 사람들은 정부를 믿지 않는다. 이들에게는
랍비가 정보의 원천이며, 유일한 인터넷 서버다.

○

　남동생이 브라질에서 메시지를 보내 왔다. 브라질은 이제서야 바이러스로 인한 통제가 이루어지고 있다. 하필, 동생이 농학 박사 과정을 수료하고 아내와 함께 휴가차 놀러 갔던 사우바도르 데 바이아Salvador de Bahia에 이동제한 명령이 떨어졌다. 동생 부부는 이틀 만에 상파울루로 돌아와야 했다. 동생이 사진을 한 장 같이 보냈다. 문 닫힌 교회와 개도 한 마리 돌아다니지 않는 포석 도로가 담긴 텅 빈 식민지 도시 사진. 아마 1856년과 1857년 사이 어느 날 찍힌 사진인 듯하다. 이 해 '흑인들의 로마'라고 불리는 이 도시에 콜레라가 덮쳐 3만 6000명의 사람들이 사망했다.

○

이제 상황이 새로운 단계로 접어들었다고 한다. 해외에 거주하던 한국인들이 다시 돌아오고 있다. 유럽의 상황이 도를 넘어섰고 미국의 상황도 점점 심각해지고 있다. 특히, 한국인이 많이 사는 뉴욕주에서 매우 강한 단계의 의무 격리 조치가 시행되었다. 남미도 안심할 수 없는 상황이 되었다. 귀국과 역디아스포라. 콜롬비아에서 귀국한 한 남자도 확진 판정을 받았다. 그가 예전에 '추수'를 위해 파견된 신천지 목자라는 사실은 이제 놀랍지도 않다. 한국은 아직 나라를 봉쇄한 적이 한 번도 없다. 바이러스가 들어왔던 첫 주에 많은 사람이 중국인들을 들어오게 하지 말라고 압박했음에도 불구하고 국경을 닫지 않았고, 훨씬 섬세한 방법으로 무장했다. 외국에서 한국으로 입국하는 사람들은 한국인이든 외국인이든 모두 공항에서 검사를 받아야 한다. 음성 판정을 받은 경우에도 휴대전화로 다운로드 받은 앱을 통해 상태를 보고해야 한다. 이 앱은 매일의 건강 상태를 묻는데, 만약 대답하는 걸 잊게 되면 몇 시간 안에 공무원이 전화를 걸어 무슨 일이 있는지 점검한다. 물론, 예방 차원에서 자가 격리도 해야 한다. 19세기 말부터 20세기 중반까지 뉴욕의 엘리스 아일랜드 항구에 도착하던 이탈리아 사람들을 포함한 유럽 사람들에게 취해졌던 조치와 같다. 격리 조치를 위반하면 벌금을 내야 한다. 외국인의 경우엔 추방당한다. 공항 검사에서 양성 판정을 받으면 곧바로 지정된 병원 시설로 옮겨지게 된다.

○

집 앞 베트남 식당에서 점심을 먹었다. 바이러스가 돌기 시작한 이후로 한 번도 들른 적이 없다. 예전과 같은 종업원이 주문을 받는다. 서로 쳐다본다. 내가 식당에 들어가는 걸 봤을 때처럼, 마스크 아래로 미소를 짓고 있는지 궁금하다. 어떤 표정을 짓고 있는지 모르니 당황스럽다. 전화를 받으려고 수화기를 들자마자 상대방이 전화를 끊어버렸을 때의 기분과 비슷하다.

○

　전 세계 수백 개의 도시가 격리에 들어갔다. 내가 일부러 선택한 건 아니지만, 나만의 탑 속에서 감사함과 죄책감을 함께 느끼며, 저 도시들이 천막으로 덮이고 굵은 줄로 동여 매진 새벽 장터의 노점들 같다는 상상을 한다. 아니면 아주 거대한 설치 작품이라든가. 파리의 퐁네프 다리를 천으로 덮어버리고, 베를린 제국의회 건물을 은색 섬유로 덮어씌운 크리스토와 잔 클로드도 감히 상상조차 못 했을 법한 작품 말이다.

○

지금 이 순간 마드리드의 사설탐정, 보고타의 정원사, 마르세유의 청소부, 모스크바의 노숙자, 리마의 방문 판매원, LA의 길거리 연주자, 베니스의 복권 판매상, 시칠리아의 응급 구조원, 리스본의 운동 경기 심판원, 웨일스의 스파이, 마오리의 경호원, 세비야의 여호와의 증인, 그리고 세상 곳곳의 집시들은 무엇을 하고 있을까? 캐나다의 소매치기, 바티칸의 마사지사, 방글라데시의 박물관 해설사, 베트남의 크루즈 선장, 아일랜드의 경비원, 엘살바도르의 자동차 학원 강사, 그리스의 부동산 중개업자, 몰타섬의 마약 중독자, 뉴질랜드의 청부 살인업자, 아이슬란드의 연쇄 살인범, 알바니아의 겹벌이 전문가, 그리고 덴마크의 투우사는 또 무엇을 하고 있을까? 몽골의 폐소공포증 환자는 뭘 하고 있지?

○

어제부터 확진 판정을 받은 사람들의 동선 추적에 새로운 시스템이 적용되고 있다. 이전까지는 질병관리본부 공무원과 관계 부처의 공무원들이 데이터를 수집하는 데 24시간이 걸렸었다. 이제 10분이면 필요한 정보를 수합할 수 있으며 이는 질병관리본부 관계자 및 역학 전문가 외에는 아무도 접근할 수 없다. 코로나19 역학조사 지원시스템으로 불리는 이 시스템은 코로나19 상황이 끝날 때까지 한시적으로 운영되고 저장된 개인 정보는 이후 파기된다. 이 시스템 덕분에 새로운 소식을 거의 실시간으로 알 수 있다. 한 유학생이 뉴욕에서 입국했다. 권고받은 대로 집에서 자가격리를 하지 않고 어머니와 함께 제주도로 갔다. 휴가를 보내던 중 증상이 시작되었다. 똑같이 양성 판정을 받은 어머니는 딸의 학업 스트레스를 풀어주기 위해 기분 전환 삼아 여행을 간 거라고 했다. 그들이 다녀간 20곳의 업체가 문을 닫았으며 그들과 접촉한 97명의 사람들이 격리에 들어갔다. 일도 못 하고 가족을 만나지도 못한 채.

바이러스는, 나침반의 정렬을 망가뜨리는 거대한 자석 같다. 일요일 예배를 강행하며 시민불복종 운동이라고 말하는 일부 기독교 목사들은 이 시대의 새로운 아나키스트이며, 한국에 귀국하여 격리를 지키지 않는 사람들은 이 시대의 새로운 지하디스트다.

○

　오늘 본 사진에서는, 중국의 한 의사가 끼고 있던 장갑의 손톱 부분에 빨간 칠을 하고선 매니큐어를 받은 시늉을 하고 있었다.

○

금요일이다. 이제 금요일인 건 딱히 중요하지 않다. 나갈 일이 없으니까. 집에서 라디오를 듣는다. 벽난로가 있었다면 불을 붙였을 것이다. 이렇게 가다간, 털실로 스웨터를 짜고 바닥에 기찻길 모형을 깔고 조립하는 법을 배우게 될 것 같다. 어느 순간에는 집에서 직접 빵을 굽고 우물에서 물을 길어 마시며 말에 편자를 박게 될 것 같다. 야만인들이 집으로 쳐들어와 횃불 한 대로 집을 불살라버릴 것 같다. 죽음은 동굴에서 맞이하겠지.

○

돈이 많은 한 부인이 미국에서 유학 중에 돌아온 아들을 집이 아닌 5성급 호텔에서 격리시키기로 했다. 2주간 500개의 케이블 채널과 함께 룸서비스를 받을 작정이었다. 호텔이 투숙을 거부하자 로비를 폭풍의 현장으로 만들어버렸다.

○

집 앞의 미군 기지 옆을 걸어 내려가 전쟁기념관의 앞뜰
에 다다랐다. 전쟁 때 쓰였던 탱크와 비행기, 대공 무기 배터
리 등을 둘러보다가 구석의 나무에 벚꽃이 피어 있는 걸 보
고 멈추었다. 아직 꽃이 피지 않은 가지가 있길래 몰래 꺾었
다. 집에 와서 물병에다 물을 담고 가지를 꽂았다. 집에 봄을
들여왔다. 이제 끝나가는 이번 주말, 유일하게 한 일이다.

○

　지금까지 확진자는 누적 9000명을 넘어섰고 3분의 1이
상이 완치되었다. 완치자 중에는 97세의 할머니도 있다. 일
제강점기에 태어나 22살에 해방을 맞이해 대한 독립 만세를
외쳤다. 동시에 2차 세계대전이 끝나며 나라가 반으로 썰리
게 되었다. 27살이 되었을 때 한국전쟁이 일어났고 30살 때
휴전되었다. 휴전에 이어 기근에 시달렸다. 전쟁은 나라 곳
곳에 악취 풍기는 구덩이들을 남겼다. 1961년, 38살이 되던
해 군부 독재가 시작되었다. 26년 후, 민주주의에 의해 대통
령이 선출되었을 때 그는 64살이었다. 74살이 되었을 때 한
국은 IMF에 구제 금융을 요청하며 외환위기를 맞는다. 몰
락한 사업가들이 강물로 뛰어들었다. 94살에는 대한민국
역사에서 처음으로 대통령이 탄핵되는 장면을 본다. 97세,
모든 사람의 무릎을 꿇린 바이러스마저도 그를 피해 갔다.
이 할머니만큼 살아야 한다고 하면, 나는 아직 54년이나 더
볼 게 남았다.

○

스페인 출신의 영화감독 루이스 부뉴엘은 자신의 회고록
《내 마지막 숨Mi ultimo suspiro》에서 죽은 후에도 10년에 한 번
씩 무덤에서 나와 가판대에서 아무 신문이나 골라 제목을
읽은 다음 다시 편안한 죽음 속으로 돌아가고 싶다고 했다.
루이스 부뉴엘이 지금 무덤에서 나온다면 영화로도 만들고
싶어할 법한 아래의 두 기사를 읽게 될 것이다. 하나는, 초
호화 크루즈선(잔담호)에서 감염이 일어나 네 명의 사망자
가 발생한 상태에서 바다를 부유하고 있는데 어떤 나라도
그 크루즈선이 정박할 수 있도록 항구를 열지 않고 있다는
것. 두 번째는, 매년 천주교에서 행해지는 가장 중요한 행사
로 교황이 "Urbi et Orbi(로마와 온 세계에)"라는 축복이 담긴
기도를 하는데, 이날 성 베드로 성당의 대광장이 완전히 텅
비어 있었다는 것.

○

서류를 하나 떼기 위해서 집 뒤에 있는 구청에 갔다. 구청 입구에는 바이러스 검사를 할 수 있도록 붉은 십자가가 그려진 선별 진료소가 설치되어 있다. 거기에서 의사들과 간호사들이 모여 스트레칭하는 모습을 보았다. 의료진들을 위한 요가. 건물에 들어가 세차장처럼 설치된 기계를 통과했다. 사방에서 소독제가 구름처럼 뿜어져 나와 전신에 뿌려졌다. 화상 모니터에 비친 자신을 다시 쳐다본다. 체온은 이상 없음. 그나저나 이제 미용실 갈 때가 된 것 같다.

○

아름의 집에 갔다. 벌써 몇 주 전부터 만나자는 약속을 했었지만 격리 상황 때문에 오늘에서야 방문할 수 있었다. 집에 들어서자마자 긴 포옹을 나누었다. 오랫동안 뇌가 잊고 있었던, 잘 살고 있다는 감각을 일깨워주는 포옹이었다. 아름의 집은 한국에서 내가 가본 몇 안 되는 집이다. 한국 사람들은 타인을 집에 초대하는 것보다 커피숍이나 식당에서 만나는 것을 선호한다. 아름은 얼마 전에 구매한 다도 테이블을 꺼냈다. 나무로 만들었다는데 대리석같이 무거워 보인다. 중국산 백차 상자를 연다. 차는 구슬 모양으로 금색의 알루미늄 종이에 싸여 있다. 아름은 대화를 나누며 차를 준비했다. 지난 주말에 봤던 사진에 관해 이야기했다. 한강에서 피크닉을 즐기는 젊은 사람들의 사진. 함께 모여 무엇을 먹고 있는 그림이 참으로 이상하고도 멀게 느껴진다. 마치 인상주의 작가의 그림에서 과일과 포도주를 치킨과 맥주로 바꾸어놓은 듯한 기분이다. 〈풀밭 위의 점심 식사〉. 에두아르 마네라면 작품에다 이런 이름을 붙였으리라. 아름은 그 사진을 보고서 불편함을 느꼈다. 지난 몇 주간 확진자가 100명 이하로 떨어졌고 대부분이 외국에서 입국한 사례라는 사실은 딱히 중요하지 않다. 목소리가 높아지며, 곧 세컨드 웨이브가 몰아칠 거라고 말한다. 이야기를 나누던 중에 둘의 휴대전화에서 동시에 긴급재난문자가 울린다. 이번에는 이 소리를 무시하기로 한다. 아름에게 대구의 고향 집은 어떠냐고 묻는다. 아름의 아버지와 남동생은 건축 자재를 만드는 공장을 함께 운영한다. 공장은 닫지 않았지만, 아들은 사무실로 보내 혼자 일하게 하고 아버지는 클라이언트와 납품 회사들을 만나고 다닌다. 동시에 같이 감염될 수는 없으니 이 방법이 최선이다. 아름은 그냥 우리 모두 다 같이 한동안 격리하면 안 되는 거냐고 묻는다. 맞는 말이야. 그런데 그건 아름이나 나와 같은 삶을 사는 사람들이 할 수 있는 말이다. 평일 오후에 만나서 차를 마실 수 있는 사람들. 아름은 뮤직비디오를 만드는 회사의 아트 디렉터인데 어떨 때엔 하루에 스무 시간씩 일하기도 한다. 한 달에 한 건만 맡아도 살기에는 충분한 돈을 모을 수 있다. 나는 집에서 글을 쓴다. (요즘에는 집에서 화상으로 강의도 한다.) 부업으로 받는 돈을 모아 몇 달 치 월세를 미리 낸다. 지금부터 석 달 치는 준비되어 있다. 하지만 이건 다 아름이나 나 같이 사는 사람이나 할 수 있는 이야기다. 키우는 자식도 없고 신용카드 한 장 없이도 사는, 이상한 삶이다.

○

트랙터 한 대가 꽃이 만발한 들판을 모두 뭉개버렸다고
한다. 사람들이 자꾸 떼로 들어와서 사진을 찍고 가는 게 싫
어서 그랬다나.

○

그렇다. 자본주의는 끝날 것이다. 하지만 그동안 한국
에서는 누군가 마스크 고리 부분을 조정할 수 있는 플라스
틱 부품을 발명하여 나 같은 사람의 귀를 보호한다는 따위
의 이야기를 하고 있다. 내가 다니는 미용실의 엘리베이터
에는 최근 안티바이러스 및 방충 기능이 있는 테두리와 폐
쇄 회로 카메라가 새로 장착되었다. 양복으로 말할 것 같으
면 상의만 불티나게 팔린다고 한다. 그사이 스트레스 없는
환경에서 즐길 수 있는 비디오 게임도 나왔다. 가장 유명한
것 은 사용자들이 접속해서는 낚시를 하거나, 곤충을 잡거
나, 다리와 집을 짓고 다른 동물들과 소통하는 게임이다. 여
기에서 무언가를 잃는 플레이어는 없다. 박쥐나 천산갑처럼
바이러스를 퍼트리는 동물도 없다. 이 게임에서 더욱 중요
한 건, 누구도 죽지 않는다는 것이다.

○

　이번 주엔 확진자 수가 두 자리로 떨어졌다. 102명, 104명
으로 다시 숫자가 올라가면, 숨을 멈추면서 주먹을 꽉 쥐게
된다. 오랜만에 지하철을 탔다. 나 혼자만 외국인이다. 이제
친구들이 나를 보러 한국에 오지 않을 것이라는 생각에 슬
퍼졌다. 아마 70년대, 80년대, 90년대 한국이 그랬을 테다.
지하철 플랫폼에 서 있는 동안 나를 힐난하는 시선으로 쳐
다보는 여자를 보며 생각한다. 당신, 격리 규칙도 어기고 기
침하면서 돌아다니는 그런 외국인 중 하나 아니야? 만약 수
정과 함께 로마에, 바르셀로나에, 아니면 보고타에 돌아간
다면, 확언컨대 누군가 그런 시선으로 아니 그보다 더한 시
선으로 수정을 쳐다보겠지.

○

격리된 인간들은 전기양의 꿈을 꾸는가?*

---

* SF 소설 《안드로이드는 전기양의 꿈을 꾸는가》의 제목을 패러디했다. – 옮긴이

○

　경복궁 앞을 걷는다. 전통 의상을 입은 경호원들은 마스크를 쓰고 있다. 관광객은 보이지 않고, 사람과 차들만 간헐적으로 다닌다. 미국의 블루스 기타 연주자인 존 리 후커처럼, 텅 빈 광화문 광장에 홀로 서서 전자 기타를 연주하고 있는 한 남자의 화음이 없었다면, 평양의 풍경이라고도 믿었을 법한 광장이다. 이곳은 전직 대통령을 끌어내리기 위해 몇 달 동안 사람들이 수없이 모여들었던 곳이다. 2016년 12월, 150만 명이라는 숫자에 달하는 사람들이 모였었다. 바르셀로나와 밀라노, 뮌헨 시민의 수와 맞먹는다. 세 명의 여자가 숫자가 크게 적힌 같은 색깔의 마스크를 쓰고 총선이 임박했음을 알려준다. 아직 사람들이 투표하러 나올지 안 나올지도 모르는 상황인데 말이다. 지금으로선, 서울을 가로지르는 한강을 팔겠다는 정치인이 등장하더라도 반대 시위를 하러 나올 사람이 없을 것이다. 나는 걷고 또 걷는다. 세 시간 정도를, 소금 사막을 통과하듯 계속해서 걷다가 집으로 향하는 버스에 올라타기 직전 오늘 가장 보고 싶었던 장면과 마주친다. 양복에 넥타이를 매고 술에 취한 두 남자가 어깨동무를 하고선 비틀거리며 걷는다. 둘 중 한 명이 쓴 가발이 바람에 들썩인다.

○

연속 3주째, 마스크를 사기 위해 약국 앞에 줄을 섰다. 첫 날 느꼈던 이상한 기분은 이제 거의 느껴지지 않는다. K99라 는 모델이 있길래, 다들 괜찮다고 하는 K94나 별로 좋지 않 다고 하는 K80 대신 K99를 달라고 한다. 약국을 나서는데 문득, 80년대 중반 처음으로 마스크를 쓰고 텔레비전에 나 왔던 마이클 잭슨이 생각났다. 마이클 잭슨의 얼굴이야말로 지금 우리 시대를 묘사하는 완벽한 메타포다. 코가 거의 없 어질 때까지 마모시키고 프로포폴과 디아제팜의 복용량 사 이를 계속해서 파 들어가다가, 결국에는 검은 비단으로 만 든 마스크로 얼굴을 가려야 했으니.

○

확진 판정을 받고서 동선이 알려진 70대 남성의 이야기다. 그는 콜라텍에 수차례 방문했는데, 그곳은 은퇴한 나이의 사람들이 가는 나이트클럽이다. 콜라텍이라는 용어는 90년대에 생겨났다. 그때는 미성년자를 위한 장소로 술 대신 콜라를 파는 디스코텍이라고 해서 콜라텍으로 불렀다.

○

집에서 나오는 길에, 집 바로 앞 외벽에 커다랗게 들러붙어 있는 담쟁이덩굴의 가지를 잘라내고 있는 집주인과 마주쳤다. 이제 막 잎들이 올라오기 시작하는 중이었고, 몇 주만 더 있으면 열매도 맺기 시작할 터였다. 온 진심을 다해 그에게 저주를 퍼부었다. 한 번, 두 번, 세 번. 오후에 집에서 한동안 안 들었던 노래를 유튜브에서 찾아 듣는데 눈물이 나기 시작했다. 눈물 몇 방울이 아니라 오랫동안, 어린아이처럼 온몸이 떨릴 때까지 꺼이꺼이 울었다. 담쟁이덩굴 때문에, 노랫말 때문에, 최근 석 달 동안 미쳐 돌아가 앞이 캄캄해진 빌어먹을 상황 때문에.

○

　바이러스는 레이저처럼 한국 사회를 가르며 상흔을 남긴
다. 그 여정에서 주요했던 사례는 종교 집단과 지방의 정신
병동, 형편없는 노동 환경의 콜센터, 미국과 유럽에서 귀국
한 부자들이었다. 한 부부가 귀국하여 추적을 피하려고 휴
대전화를 집에 놓고 닷새 동안 밖에 나가 박물관과 각종 가
게, 학교, 주유소, 쇼핑몰을 돌아다녔다. 정부는 격리를 어
기는 사람들에게 전자 팔찌를 채우는 방법을 고려하고 있다
고 한다. 이번에는 케이팝 가수와 거대한 룸살롱이 연루된
사례가 등장했다. 룸살롱은 접대 클럽을 완곡하게 부르는
표현으로 남자들이 젊은 여자들과 함께 술을 마시며 돈을
쓰는 곳이다. 이야기를 나누고 몸을 만지며 어쩔 땐 근처의
호텔로 2차를 간다. 룸살롱은 주로 강남 대형 빌딩의 지하
에서 비밀리에 운영된다. 일본에서 감염되어 온 한 보이 그
룹의 멤버에게 룸살롱의 여직원이 감염되었다. 여성은 처음
엔 프리랜서라고 했다가 곧이어 룸살롱에서 일하는 게 맞다
고 시인했다. 무자비한 디지털 백수들이 그 정보를 온갖 곳
으로 퍼 나르는 중이다.

○

다른 바이러스들만큼 오래되지 않은 바이러스가 하나
있다. 윌리엄 버로스가 그의 책 《폭발한 티켓The Ticket That
Exploded》에서 다음과 같이 그 바이러스를 묘사했다.

단어는 이제 하나의 바이러스다. 감기 바이러스도 한때
는 건강한 폐 세포였다. 지금은 주요 신경 시스템에 침
투하여 해를 가하는 기생 유기체. 현대의 인간은 침묵
이라는 선택지를 잃었다. 정리되지 않은 연설을 멈추어
보라. 마음속에서 10초만이라도 침묵을 견뎌보아라. 내
면에서 당신을 다시 말하게 만드는 어떤 유기체와 만나
게 될 것이다. 그 유기체가 바로 단어다.

다시 예전과 같이 돌아가 아무런 걱정 없이 길을 나서는
것. 지금까지 일어난 일들을 이해하기 위해 딱 1년간 침묵
하는 것. 둘 중에 어떤 것을 고를지 모르겠다.

○

　체육관들이 다시 개장했고 수정도 다시 필라테스 수업을 받기 시작했다. 필라테스 학원에 다음과 같은 안내문이 붙어 있었다. "조심하세요! 옆집 아줌마가 사흘 만에 확찐자가 되었대요!" 수정이 보기엔 잔인한 농담이었다.

○

　산체스 브라운의 마흔 번째 생일이다. 기자인 다른 친구가 산체스 브라운의 생일을 축하하기 위해 모두를 자기 집으로 초대했다. 총 여덟 명, 많은 수는 아니지만 좀 많은 것처럼 느껴진다. 그중에는 세바스티안도 있다. 산체스 브라운과 세바스티안, 그리고 나까지 셋이 모인 건 지난 내 생일파티 이후 처음이다. 바이러스라는 굉음이 저 멀리 소곤거리는 소리쯤으로 들리던 때다. 햄버거와 핫도그를 그릴에구워 먹었다. 맥주. 아파트로 내려와 케이크를 잘라 먹었다. 레드 와인. 해가 졌길래 옥상으로 다시 올라가지 않았다. 옥상에선 그래도 좀 분산되어 있었다. 다들 거실에 모여 다닥다닥 붙어 있으니 조금 불편해진다. 다시 와인. 이제 좀 취해간다. 거실에 큰 텔레비전이 있다. 산체스 브라운이 뮤직비디오를 틀기 시작한다. 길티 플레저를 느낀다. 80년대 노래들이 마구잡이로 쏟아진다. 화이트 와인. 위스키. 세바스티안과 이야기를 나눈다. 미국에서 한국으로 귀국하기 위해, 열이 있음에도 불구하고 해열제를 스무 알이나 먹고 비행기를 탄 한 학생에 대해서. 술이 오르자 잔혹한 상상을 하게 된다. 언젠가는 바이러스에 감염되었는지 아닌지를 알

아내기 위해 혈청 검사를 실시하게 될지도 모른다. 다른 나라에 입국하면서, 직장을 구하거나 장학금을 받을 때도 코로나19에 대한 질문을 받게 될 것이다. 마치 예전에 에이즈 감염에 대한 문항이 있었던 것처럼 말이다. 어렸을 때 백신을 맞고서 받은 인증 카드와 수정처럼 어깨에 남아 있는 자국이 어렴풋이 기억난다. 수정은 오늘 여기에 오지 못했다. 6월에 열리는 음악 페스티벌을 구하기 위해 동료와 함께 회사에 남아 전략을 짜고 있다. 화장실에 간다. 어깨 위에 천연두 백신을 맞은 자국이 있는지 살펴본다. 분명히 있었던 것 같은데, 찾을 수가 없다. 거실로 돌아가자 모두가 노래 〈Fame〉을 따라 부르고 있다. *I'm gonna live forever. I'm gonna learn how to fly high.* 어느 순간 모두가 함께 노래한다. *I'm gonna live forever. Baby, remember my name.* 나도 영원히 살거라며, 같이 노래를 부르고 싶지만, 팬데믹이라는 배경 속에서 현실 위로 미래가 무너져 내리는 상황이니, 저 노래 가사는 내 머릿속에서 단지 소음으로만 들린다. 위스키. 더블. 이게 앞으로 벌어질 미래인 건가? 여덟 명의 사람들이 한 방에 모이는 것? 포에버? 술집이 그립고 타인이 그립고, 술집의 냄새와 그 어두움이 그립다. 술집이 없는 세상을 상상하니 고통스럽다. 열일곱부터 드나들던 곳인데.

"술집 가기 너무 귀찮아, 그냥 집에서 먹자."

이 얼마나 낯선 말인가.

○

　사람들이 대거 길거리로 나왔다. 모든 도시에서부터 시골 마을까지, 동네 곳곳에 줄이 늘어졌다. 섬에 사는 사람들은 배를 타고 가장 가까운 육지로 나왔다. 어떤 배는 한반도 최남단 섬 마라도에서 사람들을 태워 나왔다. 90명 정도가 사는 섬이다. 수정도 오늘 아침 일찍 집을 나섰다. 감염자와 접촉하여 강제 격리 조치를 받은 사람들도 오후에 잠깐 집에서 나올 수 있었다. 집에서 나왔다가 들어갈 때까지 100분의 시간이 주어졌다. 절차는 명확했다. 마스크 쓰기. 손 소독제 뿌리기. 체온 재기, 비닐장갑 끼기. 앞뒤 사람 간 간격은 1미터. 이번 총선은 2000년대 기준, 가장 높은 투표율을 보였다고 한다. 한국에선 모든 것이 극단적이다. 좋은 것이든 나쁜 것이든, 작게는 움직이지 않으며 어쩔 땐 이해하기 어려운 수준이기도 하다. 주 영국 북한 대사관 영사 출신의 탈북민이 국회의원에 당선되었다. 한국에서 부유한 동네 중 하나인 강남구를 지역구로 차지했다. 보수정당의 당원이며 반대 당원에게는 그게 누구든 면전에 대고 빨갱이라고 외친다. 물론, 조롱하는 사람들은 그를 보고 이렇게 부른다. 강남 스탈린.

○

일상이라는 환상이 프로야구 연습 경기라는 형상으로 등장했다. 다음 주부터 무관중으로 첫 연습 경기가 시작된다. 유령 관중 앞에서. 경기장으로 나서는 순간부터 지켜야 할 새로운 규칙이 지침으로 전달되었다. 경기 중 두 번 체온을 측정함. 타자는 타석으로 나가기 전까지 마스크를 쓰고 있어야 함. 장갑을 끼지 않은 맨손으로는 서로 손을 부딪치지 않을 것을 권장함. 어떤 경우에도 땅에 침 뱉는 것을 금지함.

○

바이러스가 막 퍼지기 시작할 무렵, 희귀병으로 어린 딸을 잃은 한 엄마에 대한 기사를 읽었다. 가상현실 기술 덕분에 이 어머니는 VR 장비를 쓰고 한 공원에서 딸의 아바타와 만나 함께 생일을 축하한다. 그 아바타는 어머니의 기억과 아이가 살아 있었을 때의 사진과 비디오를 활용하여 디자인되었으며 실제 어린 배우가 연기하면서 완성되었다. 만남은 다큐멘터리로 기록되어 남겨졌다. 그 어머니에 대한 뉴스를 읽은 후 그녀가 운영하던 블로그에 들어가봤더니, 시간이 조금 필요해서 블로그를 닫는다는 글이 있었다. 지쳤을 것이다. 지금까지 한국에선 코로나19로 인한 사망자가 200명을 넘었다. 다른 나라에선 임종을 보지도 못하고 부모님을 묻은 사람들이 수천 명이다. 그 사람들도 혹시나 부모님에게 마지막 인사를 전하기 위해 저 어머니와 같은 방법을 선택할까 궁금해진다. 그러지 않았으면 좋겠다. 그래도 아직은 양초와 향과 지갑 속 사진을 믿기를 바란다.

○

수정에게 시내에 나가서 한 바퀴 돌자고 설득했다. 청계
천을 따라 걸었다. 사람들이 꽤 많았지만, 화창한 날씨에 비
교한다면 그렇게 많은 편은 아니었다. 코트는 이미 넣어두
었고 몇 주만 더 있으면 여름이 올 것이다. 이번 봄은 영원
히 상실되었다. 정부에서 사회적 거리두기 단계를 낮춰 기
준을 완화했다. 확진자는 한 자릿수로 떨어졌고 그마저도
해외 입국 사례가 대부분이다. 어제는 사망자도 없었다. 조
금 걷다 보니 배가 고파졌다. 찾아보니 근처에 유명한 식당
이 있는 모양이다. 큰 어려움 없이 그곳을 발견했다. 오래된
식당이지만 가족적인 게 우리가 좋아하는 분위기를 풍긴다.
고민하지 않고 바로 들어간다. 수정과 나는 긴장인지 미소
일지 모를 애매한 표정으로 서로를 바라보았다. 30개 정도
의 테이블은 빈 곳이 거의 없었다. 가족들, 연인들, 중년 무
리가 딱 하나의 메뉴를 가운데 놓고 이야기를 나누고 있었
다. 골뱅이 무침이었다. 테이블에 앉아 음식을 주문했다. 한
입을 먹으니 곧바로 혀와 입술에 침이 고였다. 맥주를 한 잔
마시고선 수정에게 다음 주 주말엔 근교로 여행을 가자고
말했다. 죄책감은 느껴지지 않았다. 짐을 싸게 되다니. 지

금 이 세상에서 여행 가방에 칫솔을 챙겨 넣는 것만큼 이상한 행동이 어디 있을까. 바다, 아니면 산? 산, 아니면 바다? 세컨드 웨이브라는 그림자는 당분간 없어지지 않을 것이다. 어디에서 시작해서, 얼마나 깊게 그 상흔이 이 나라를 가로지르게 될지는 아무도 모른다. 이제는 그저 우리에게 다가온 이것과 함께 살기 시작해야 하는 시간이다. 고개를 돌려 주변을 본다. 코로나 바이러스의 시대에 보내는 서울에서의 토요일 밤. 여자들과 남자들에게서 들리는 귀청 터질 듯한 소음 한가운데서 나머지 세계에 대해 생각한다. 우주선으로부터 떨어져 나가는 탐사선에 탑승한 기분이다.

이제 우리는 나가서 탐사를 시작하겠습니다. 곧 연락할게요.

열병의 나날들

ⓒ 안드레스 솔라노, 2020

2020년 9월 20일 초판 1쇄 인쇄
2020년 9월 30일 초판 1쇄 발행

지은이 | 안드레스 솔라노
옮긴이 | 이수정
발행인 | 윤호권·박헌용
책임편집 | 엄초롱

발행처 | (주)시공사
출판등록 | 1989년 5월 10일(제3-248호)

주소 | 서울시 서초구 사임당로82(우편번호 06641)
전화 | 편집 (02)2046-2896·마케팅 (02)2046-2800
팩스 | 편집·마케팅 (02)585-1755
홈페이지 | www.sigongsa.com

ISBN 979-11-6579-196-4 03870

이 도서의 국립중앙도서관 출판예정도서목록(CIP)은 서지정보유통지원시스템 홈페이지(http://seoji.nl.go.kr)와 국가자료공동목록시스템(http://www.nl.go.kr/kolisnet)에서 이용하실 수 있습니다.(CIP제어번호: CIP 2020035958)